BIBLIOTECA BREVE
DE BOLSILLO
*Libros de Enlace*
26

ALEJO CARPENTIER

# EL REINO
# DE ESTE MUNDO

Biblioteca Breve de Bolsillo
SEIX BARRAL
Barcelona - Caracas - México

*Primera edición: 1969*
*Segunda edición: 1969*
*Tercera edición: 1972*
*Cuarta edición: 1972*
*Quinta edición: mayo de 1975*
*Sexta edición: enero de 1978*
*Séptima edición: julio de 1978*

*ISBN: 84 322 2626 2*
*Depósito legal: B. 25.142 - 1978*

*Printed in Spain*

*DEMONIO*

Licencia de entrar demando...

*PROVIDENCIA*

¿Quién es?

*DEMONIO*

El rey de Occidente.

*PROVIDENCIA*

Ya sé quién eres, maldito.
Entra.

(Entra ahora).

*DEMONIO*

¡Oh tribunal bendito,
Providencia eternamente!
¿Dónde envías a Colón
para renovar mis daños?
¿No sabes que há muchos años
que tengo allí posesión?

LOPE DE VEGA

# I

## LAS CABEZAS DE CERA

Entre los veinte garañones traídos al Cabo Francés por el capitán del barco que andaba de media madrina con un criador normando, Ti Noel había elegido sin vacilación aquel semental cuadralbo, de grupa redonda, bueno para la remonta de yeguas que parían potros cada vez más pequeños. Monsieur Lenormand de Mezy, conocedor de la pericia del esclavo en materia de caballos, sin reconsiderar el fallo, había pagado en sonantes luises. Después de hacerle una cabezada con sogas, Ti Noel se gozaba de todo el ancho de la sólida bestia moteada, sintiendo en sus muslos la enjabonadura de un sudor que pronto era espuma ácida sobre la espesa pelambre percherona. Siguiendo al amo, que jineteaba un alazán de patas más livianas, había atravesado el barrio de la gente marítima, con sus almacenes olientes a salmuera, sus lonas atiesadas por la humedad, sus galletas que habría que romper con el puño, antes de desembocar en la Calle Mayor, tornasolada, en esa hora mañanera, por los pañuelos a cuadros de colores vivos de las negras domésticas que volvían del mercado. El paso de la carroza del gobernador, recargada de rocallas doradas, desprendió un amplio saludo a Monsieur Lenormand de Mezy. Luego,

9

el colono y el esclavo amarraron sus cabalgaduras frente a la tienda del peluquero que recibía *La Gaceta de Leyde* para solaz de sus parroquianos cultos.

Mientras el amo se hacía rasurar, Ti Noel pudo contemplar a su gusto las cuatro cabezas de cera que adornaban el estante de la entrada. Los rizos de las pelucas enmarcaban semblantes inmóviles, antes de abrirse, en un remanso de bucles, sobre el tapete encarnado. Aquellas cabezas parecían tan reales —aunque tan muertas, por la fijeza de los ojos— como la cabeza parlante que un charlatán de paso había traído al Cabo, años atrás, para ayudarlo a vender un elixir contra el dolor de muelas y el reumatismo. Por una graciosa casualidad, la tripería contigua exhibía cabezas de terneros, desolladas, con un tallito de perejil sobre la lengua, que tenían la misma calidad cerosa, como adormecidas entre rabos escarlatas, patas en gelatina, y ollas que contenían tripas guisadas a la moda de Caen. Sólo un tabique de madera separaba ambos mostradores, y Ti Noel se divertía pensando que, al lado de las cabezas descoloridas de los terneros, se servían cabezas de blancos señores en el mantel de la misma mesa. Así como se adornaba a las aves con sus plumas para presentarlas a los comensales de un banquete, un cocinero experto y bastante ogro habría vestido las testas con sus mejor acondicionadas pelucas. No les faltaba más que una orla de hojas de lechuga o de rábanos abiertos en flor de lis. Por lo demás, los potes de espuma arábiga, las botellas de agua de lavanda y las cajas de polvos de arroz, vecinas de las cazuelas de mondongo y de las bandejas de riñones, completaban, con singulares coincidencias de frascos y recipientes, aquel cuadro de un abominable convite.

Había abundancia de cabezas aquella mañana, ya que, al lado de la tripería, el librero había colgado de un alambre, con grapas de lavandería, las últimas estampas recibidas de París. En cuatro de ellas, por lo menos, ostentábase el rostro del rey de Francia, en marco de soles, espadas y laureles. Pero había otras muchas cabezas empelucadas, que eran probablemente las de altos personajes de la Corte. Los guerreros eran identificables por sus ademanes de partir al asalto. Los magistrados, por su ceño de meter miedo. Los ingenios, porque sonreían sobre dos plumas aspadas en lo alto de versos que nada decían a Ti Noel, pues los esclavos no entendían de letras. También había grabados en colores, de una factura más ligera, en que se veían los fuegos artificiales dados para festejar la toma de una ciudad, bailables con médicos armados de grandes jeringas, una partida de gallina ciega en un parque, jóvenes libertinos hundiendo la mano en el escote de una camarista, o la inevitable astucia del amante recostado en el césped, que descubre, arrobado, los íntimos escorzos de la dama que se mece inocentemente en un columpio. Pero Ti Noel fue atraído, en aquel momento, por un grabado en cobre, último de la serie, que se diferenciaba de los demás por el asunto y la ejecución. Representaba algo así como un almirante o un embajador francés, recibido por un negro rodeado de abanicos de plumas y sentado sobre un trono adornado de figuras de monos y de lagartos.

—¿Qué gente es ésta? —preguntó atrevidamente al librero, que encendía una larga pipa de barro en el umbral de su tienda.

—Ése es un rey de tu país.

No hubiera sido necesaria la confirmación de lo

11

que ya pensaba, porque el joven esclavo había recordado, de pronto, aquellos relatos que Mackandal salmodiaba en el molino de cañas, en horas en que el caballo más viejo de la hacienda de Lenormand de Mezy hacía girar los cilindros. Con su voz fingidamente cansada para preparar mejor ciertos remates, el mandinga solía referir hechos que habían ocurrido en los grandes reinos de Popo, de Arada, de los Nagós, de los Fulas. Hablaba de vastas migraciones de pueblos, de guerras seculares, de prodigiosas batallas en que los animales habían ayudado a los hombres. Conocía la historia de Adonhueso, del Rey de Angola, del Rey Dá, encarnación de la Serpiente, que es eterno principio, nunca acabar, y que se holgaba místicamente con una reina que era el Arco Iris, señora del agua y de todo parto. Pero, sobre todo, se hacía prolijo con la gesta de Kankán Muza, el fiero Muza, hacedor del invencible imperio de los mandingas, cuyos caballos se adornaban con monedas de plata y gualdrapas bordadas, y relinchaban más arriba del fragor de los hierros, llevando el trueno en los parches de dos tambores colgados de la cruz. Aquellos reyes, además, cargaban con la lanza a la cabeza de sus hordas, hechos invulnerables por la ciencia de los Preparadores, y sólo caían heridos si de alguna manera hubieran ofendido a las divinidades del Rayo o las divinidades de la Forja. Reyes eran, reyes de verdad, y no esos soberanos cubiertos de pelos ajenos, que jugaban al boliche y sólo sabían hacer de dioses en los escenarios de sus teatros de corte, luciendo amaricada la pierna al compás de un rigodón. Más oían esos soberanos blancos las sinfonías de sus violines y las chifonías de los libelos, los chismes de sus queridas y los cantos de sus pájaros de cuerda, que el estampido

12

de cañones disparando sobre el espolón de una media luna. Aunque sus luces fueran pocas, Ti Noel había sido instruido en esas verdades por el profundo saber de Mackandal. En el África, el rey era guerrero, cazador, juez y sacerdote; su simiente preciosa engrosa estirpe de héroes. En Francia, en España, en cambio, el rey enviaba sus generales a combatir; era incompetente para dirimir litigios, se hacía regañar por cualquier fraile confesor, y, en cuanto a riñones, no pasaba de engendrar un príncipe debilucho, incapaz de acabar con un venado sin ayuda de sus monteros, al que designaban, con inconsciente ironía, por el nombre de un pez tan inofensivo y frívolo como era el delfín. Allá, en cambio —en *Gran Allá*—, había príncipes duros como el yunque, y príncipes que eran el leopardo, y príncipes que conocían el lenguaje de los árboles, y príncipes que mandaban sobre los cuatro puntos cardinales, dueños de la nube, de la semilla, del bronce y del fuego.

Ti Noel oyó la voz del amo que salía de la peluquería con las mejillas demasiado empolvadas. Su cara se parecía sorprendentemente, ahora, a las cuatro caras de cera empañada que se alineaban en el estante, sonriendo de modo estúpido. De paso, Monsieur Lenormand de Mezy compró una cabeza de ternero en la tripería, entregándola al esclavo. Montado en el semental ya impaciente por pastar, Ti Noel palpaba aquel cráneo blanco y frío, pensando que debía de ofrecer, al tacto, un contorno parecido al de la calva que el amo ocultaba debajo de su peluca. Entretanto, la calle se había llenado de gente. A las negras que regresaban del mercado, habían sucedido las señoras que salían de la misa de diez. Más de una cuarterona, barragana de algún funcionario enriquecido, se hacía seguir por una camarera de tan quebrado color como ella, que llevaba el abanico de palma, el breviario y el quitasol de borlas doradas. En una esquina bailaban los títeres de un bululú. Más adelante, un marinero ofrecía a las damas un monito del Brasil, vestido a la española. En las tabernas se descorchaban botellas de vino, refrescadas en barriles llenos de sal y de arena mojada. El padre Cornejo, cura de Limonade, acababa de llegar a la Parroquial Mayor, montado en su mula de color burro.

Monsieur Lenormand de Mezy y su esclavo salieron de la ciudad por el camino que seguía la orilla del mar. Sonaron cañonazos en lo alto de la fortaleza. *La Courageuse*, de la armada del rey, acababa de aparecer en el horizonte, de vuelta de la Isla de la Tortuga. En sus bordas se pintaron ecos de blancos estampidos. Asaltado por recuerdos de sus tiempos de oficial pobre, el amo comenzó a silbar una marcha de pífanos. Ti Noel, en contrapunteo mental, tarareó para sus adentros una copla marinera, muy cantada por los toneleros del puerto, en que se echaban mierdas al rey de Inglaterra. De lo último sí estaba seguro, aunque la letra no estuviese en *créole*. Por lo mismo, la sabía. Además, tan poca cosa era para él el rey de Inglaterra como el de Francia o el de España, que mandaba en la otra mitad de la isla, y cuyas mujeres —según afirmaba Mackandal— se enrojecían las mejillas con sangre de buey y enterraban fetos-infantes en un convento cuyos sótanos estaban llenos de esqueletos rechazados por el cielo verdadero, donde no se querían muertos ignorantes de los dioses verdaderos.

## II

## LA PODA

Ti Noel se había sentado sobre una batea volcada, dejando que el caballo viejo hiciera girar el trapiche a un paso que el hábito hacía absolutamente regular. Mackandal agarraba las cañas por haces, metiendo las cabezas, a empellones, entre los cilindros de hierro. Con sus ojos siempre inyectados, su torso potente, su delgadísima cintura, el mandinga ejercía una extraña fascinación sobre Ti Noel. Era fama que su voz grave y sorda le conseguía todo de las negras. Y que sus artes de narrador, caracterizando los personajes con muecas terribles, imponían el silencio a los hombres, sobre todo cuando evocaba el viaje que hiciera, años atrás, como cautivo, antes de ser vendido a los negreros de Sierra Leona. El mozo comprendía, al oírlo, que el Cabo Francés, con sus campanarios, sus edificios de cantería, sus casas normandas guarnecidas de larguísimos balcones techados, era bien poca cosa en comparación con las ciudades de Guinea. Allá había cúpulas de barro encarnado que se asentaban sobre grandes fortalezas bordeadas de almenas; mercados que eran famosos hasta más allá del lindero de los desiertos, hasta más allá de los pueblos sin tierras. En esas ciudades los artesanos eran diestros en ablandar los metales, forjando

15

espadas que mordían como navajas sin pesar más que un ala en la mano de un combatiente. Ríos caudalosos, nacidos del hielo, lamían los pies del hombre, y no era menester traer la sal del País de la Sal. En casas muy grandes se guardaban el trigo, el sésamo, el millo, y se hacían, de reino en reino, intercambios que alcanzaban el aceite de oliva y los vinos de Andalucía. Bajo cobijas de palma dormían tambores gigantescos, madres de tambores, que tenían patas pintadas de rojo y semblantes humanos. Las lluvias obedecían a los conjuros de los sabios, y, en las fiestas de circuncisión, cuando las adolescentes bailaban con los muslos lacados de sangre, se golpeaban lajas sonoras que producían una música como de grandes cascadas domadas. En la urbe sagrada de Widah se rendía culto a la Cobra, mística representación del ruedo eterno, así como a los dioses que regían el mundo vegetal y solían aparecer, mojados y relucientes, entre las junqueras que asordinaban las orillas de lagos salobres.

El caballo, vencido de manos, cayó sobre las rodillas. Se oyó un aullido tan desgarrado y largo que voló sobre las haciendas vecinas, alborotando los palomares. Agarrada por los cilindros, que habían girado de pronto con inesperada rapidez, la mano izquierda de Mackandal se había ido con las cañas, arrastrando el brazo hasta el hombro. En la paila del guarapo se ensanchaba un ojo de sangre. Asiendo un cuchillo, Ti Noel cortó las correas que sujetaban el caballo al mástil del trapiche. Los esclavos de la tenería invadieron el molino, corriendo detrás del amo. También llegaban los trabajadores del bucán y del secadero de cacao. Ahora, Mackandal tiraba de su brazo triturado, haciendo girar los cilindros en sentido contrario. Con su mano derecha trataba

16

de mover un codo, una muñeca, que habían dejado de obedecerle. Atontada la mirada, no parecía comprender lo que le había ocurrido. Comenzaron a apretarle un torniquete de cuerdas en la axila, para contener la hemorragia. El amo ordenó que se trajera la piedra de amolar, para dar filo al machete que se utilizaría en la amputación.

# III

## LO QUE HALLABA LA MANO

Inútil para trabajos mayores, Mackandal fue destinado a guardar el ganado. Sacaba la vacada de los establos antes del alba, llevándola hacia la montaña en cuyos flancos de sombra crecía un pasto espeso, que guardaba el rocío hasta bien entrada la mañana. Observando el lento desparramo de las bestias que pacían con los tréboles por el vientre, se le había despertado un raro interés por la existencia de ciertas plantas siempre desdeñadas. Recostado a la sombra de un algarrobo, apoyándose en el codo de su brazo entero, forrajeaba con su única mano entre las yerbas conocidas en busca de todos los engendros de la tierra cuya existencia hubiera desdeñado hasta entonces. Descubría, con sorpresa, la vida secreta de especies singulares, afectas al disfraz, la confusión, el verde verde, y amigas de la pequeña gente acorazada que esquivaba los caminos de hormigas. La mano traía alpistes sin nombre, alcaparras de azufre, ajíes minúsculos, bejucos que tejían redes entre las piedras; matas solitarias, de hojas velludas, que sudaban en la noche; sensitivas que se doblaban al mero sonido de la voz humana; cápsulas que estallaban, a mediodía, con chasquido de uñas aplastando una pulga; lianas rastreras, que se trababan, le-

19

jos del sol, en babeantes marañas. Había una enredadera que provocaba escozores y otra que hinchaba la cabeza de quien descansara a su sombra. Pero ahora Mackandal se interesaba más aún por los hongos. Hongos que olían a carcoma, a redoma, a sótano, a enfermedad, alargando orejas, lenguas de vaca, carnosidades rugosas, se vestían de exudaciones o abrían sus quitasoles atigrados en oquedades frías, viviendas de sapos que miraban o dormían sin parpadear. El mandinga deshacía la pulpa de un hongo entre sus dedos, llevándose a la nariz un sabor a veneno. Luego, hacía husmear su mano por una vaca. Cuando la bestia apartaba la cabeza con ojos asustados, respirando a lo hondo, Mackandal iba por más hongos de la misma especie, guardándolos en una bolsa de cuero sin curtir que llevaba colgada del cuello.

Con el pretexto de bañar a los caballos, Ti Noel solía alejarse de la hacienda de Lenormand de Mezy durante largas horas, para reunirse con el manco. Ambos se encaminaban, entonces, hacia el lindero del valle, hacia donde la tierra se hacía fragosa, y la falda de los montes era socavada por grutas profundas. Se detenían en la casa de una anciana que vivía sola, aunque recibía visitas de gentes venidas de muy lejos. Varios sables colgaban de las paredes, entre banderas encarnadas, de astas pesadas, herraduras, meteoritas y lazos de alambre que apresaban cucharas enmohecidas, puestas en cruz, para ahuyentar al barón Samedi, al barón Piquant, al barón La Croix y otros amos de cementerios. Mackandal mostraba a la Mamán Loi las hojas, las yerbas, los hongos, los simples que traía en la bolsa. Ella los examinaba cuidadosamente, apretando y oliendo unos, arrojando otros. A veces, se hablaba de animales egregios que habían tenido descendencia humana. Y también de hombres que ciertos ensalmos dotaban de poderes licantrópicos. Se sabía de mujeres violadas por grandes felinos que habían trocado, en la noche, la palabra por el rugido. Cierta vez, la Mamán Loi enmudeció de extraña manera cuando se iba llegando a lo mejor de un relato. Respondiendo a una orden misteriosa, corrió a la cocina, hundiendo los brazos en una olla llena de aceite hirviente. Ti Noel observó que su cara reflejaba una tersa indiferencia, y, lo que era más raro, que sus brazos, al ser sacados del aceite, no tenían ampollas ni huellas de quemaduras, a pesar del horroroso sonido de fritura que se había escuchado un poco antes. Como Mackandal parecía aceptar el hecho con la más absoluto calma, Ti Noel hizo esfuerzos por ocultar su asombro. Y la conversación siguió plácidamente, entre el mandinga y la bruja, con grandes pausas para mirar a lo lejos.

Un día agarraron un perro en celo que pertenecía a las jaurías de Lenormand de Mezy. Mientras Ti Noel, a horcajadas sobre él, le sujetaba la cabeza por las orejas, Mackandal le frotó el hocico con una piedra que el zumo de un hongo había teñido de amarillo claro. El perro contrajo los músculos. Su cuerpo fue sacudido, en seguida, por violentas convulsiones, cayendo sobre el lomo, con las patas tiesas y los colmillos de fuera. Aquella tarde, al regresar a la hacienda, Mackandal se detuvo largo rato en contemplar los trapiches, los secaderos de cacao y de café, el taller de la añilería, las fraguas, los aljibes y bucanes.

—Ha llegado el momento —dijo.

Al día siguiente lo llamaron en vano. El amo organizó una batida, para mera edificación de las negradas,

21

aunque sin darse demasiado trabajo. Poco valía un esclavo con un brazo menos. Además, todo mandinga —era cosa sabida— ocultaba un cimarrón en potencia. Decir mandinga, era decir díscolo, revoltoso, demonio. Por eso los de ese reino se cotizaban tan mal en los mercados de negros. Todos soñaban con el salto al monte. Además, con tantas y tantas propiedades colindantes, el manco no llegaría muy lejos. Cuando fuera devuelto a la hacienda se le supliciaría ante la dotación, para escarmiento. Pero un manco no era más que un manco. Hubiera sido tonto correr el albur de perder un par de mastines de buena raza, dado el caso de que Mackandal pretendiera acallarlos con un machete.

## IV

*inventory / survey*

## EL RECUENTO

Ti Noel estaba profundamente acongojado por la desaparición de Mackandal. De haberle sido propuesta la cimarronada, hubiera aceptado con júbilo la misión de servir al mandinga. Ahora pensaba que el manco lo había considerado demasiado poca cosa para hacerlo partícipe de sus proyectos. En las noches largas, cuando el mozo era dolorido por esta idea, se levantaba del pesebre en que dormía y se abrazaba, llorando, al cuello del semental normando, hundiendo la cara entre sus crines tibias, que olían a caballo bañado. La partida de Mackandal era también la partida de todo el mundo evocado por sus relatos. Con él se habían ido también Kankán Muza, Adonhueso, los reyes reales y el Arco Iris de Widah. Perdida la sal de la vida, Ti Noel se aburría en las calendas dominicales, viviendo con sus brutos, cuyas orejas y perinés tenía siempre bien limpios de garrapatas. Así transcurrió toda la estación de las lluvias.

Un día, cuando los ríos hubieron vuelto a su cauce, Ti Noel se encontró con la vieja de la montaña en las inmediaciones de las cuadras. Le traía un recado de Mackandal. Por ello, al abrirse el alba, el mozo penetró en una caverna de entrada angosta, llena de estalagmi-

23

tas, que descendía hacia una oquedad más honda, tapizada de murciélagos colgados de sus patas. El suelo estaba cubierto de una espesa capa de guano que apresaba enseres líticos y espinas de pescado petrificadas. Ti Noel observó que varias botijas de barro ocupaban el centro y que por ellas reinaba, en aquella húmeda penumbra, un olor acre y pesado. Sobre hojas de queso se amontonaban pieles de lagarto. Una laja grande y varias piedras redondas y lisas habían sido utilizadas, sin duda, en recientes trabajos de maceración. Sobre un tronco, aplanado a filo de machete en toda su longitud, estaba un libro de contabilidad, robado al cajero de la hacienda, en cuyas páginas se alineaban gruesos signos trazados con carbón. Ti Noel no pudo menos que pensar en las tiendas de los herbolarios del Cabo, con sus grandes almireces, sus recetarios en atriles, sus potes de nuez vómica y de asa fétida, sus mazos de raíz de altea para curar las encías. Sólo faltaban algunos alacranes en alcohol, las rosas en aceite y el vivero de las sanguijuelas.

Mackandal había adelgazado. Sus músculos se movían, ahora, a ras de la osamenta, esculpiendo su torso con potentes relieves. Pero su semblante, que ofrecía reflejos oliváceos a la luz del candil, expresaba una tranquila alegría. Su frente era ceñida por un pañuelo escarlata, adornado con sartas de cuentas. Lo que más asombró a Ti Noel fue la revelación de un largo y paciente trabajo, realizado por el mandinga desde la noche de su fuga. Tal parecía que hubiera recorrido las haciendas de la llanura, una por una, entrando en trato directo con los que en ellas laboraban. Sabía, por ejemplo, que en la añilería del Dondón podía contar con Olaín el hortelano, con Romaine, la cocinera de los barracones, con el tuerto Jean-Pierrot; en cuanto a la hacienda de Lenormand de Mezy, había enviado mensajes a los tres hermanos Pongué, a los congos nuevos, al fula patizambo y a Marinette, la mulata que había dormido, en otros tiempos, en la cama del amo, antes de ser devuelta a la lejía por la llegada de una Mademoiselle de la Martinière, desposada por poderes en un convento de El Havre, al embarcar para la colonia. También se había puesto en contacto con los dos angolas de más allá del Gorro del Obispo, cuyas nalgas acebradas conservaban las huellas de hierros al rojo, aplicados como castigo de un robo de aguardiente. Con caracteres que sólo él era capaz de descifrar, Mackandal había consignado en su registro el nombre del Bocor de Millot, y hasta de conductores de recuas, útiles para cruzar la cordillera y establecer contactos con la gente del Artibonite.

Ti Noel se enteró ese día de lo que el manco esperaba de él. Aquel mismo domingo, cuando volvía de misa, el amo supo que las dos mejores vacas lecheras de la hacienda —las coliblancas traídas de Rouen— estaban agonizando sobre sus boñigas, soltando la hiel por los belfos. Ti Noel le explicó que los animales venidos de países lejanos solían equivocarse en cuanto al pasto que comían, tomando a veces por sabrosas briznas ciertos retoños que les emponzoñaban la sangre.

25

# V

## DE PROFUNDIS

El veneno se arrastraba por la Llanura del Norte, invadiendo los potreros y los establos. No se sabía cómo avanzaba entre las gramas y alfalfas, cómo se introducía en las pacas de forraje, cómo se subía a los pesebres. El hecho era que las vacas, los bueyes, los novillos, los caballos, las ovejas, reventaban por centenares, cubriendo la comarca entera de un inacabable hedor de carroña. En los crepúsculos se encendían grandes hogueras, que despedían un humo bajo y lardoso, antes de morir sobre montones de bucráneos negros, de costillares carbonizados, de pezuñas enrojecidas por la llama. Los más expertos herbolarios del Cabo buscaban en vano la hoja, la resina, la savia, posibles portadoras del azote. Las bestias seguían desplomándose, con los vientres hinchados, envueltas en un zumbido de moscas verdes. Los techos estaban cubiertos de grandes aves negras, de cabeza pelada, que esperaban su hora para dejarse caer y romper los cueros, demasiado tensos, de un picotazo que liberaba nuevas podredumbres.

Pronto se supo, con espanto, que el veneno había entrado en las casas. Una tarde, al merendar una ensaimada, el dueño de la hacienda de Coq-Chante se había caído, súbitamente, sin previas dolencias, arrastrando consigo un reloj de pared al que estaba dando cuerda. Antes de que la noticia fuese llevada a las fincas vecinas, otros propietarios habían sido fulminados por el veneno que acechaba como agazapado para saltar mejor, en los vasos de los veladores, en las cazuelas de sopa, en los frascos de medicinas, en el pan, en el vino, en la fruta y en la sal. A todas horas escuchábase el siniestro claveteo de los ataúdes. A la vuelta de cada camino aparecía un entierro. En las iglesias del Cabo no se cantaban sino Oficios de Difuntos, y las extremaunciones llegaban siempre demasiado tarde, escoltadas por campanas lejanas que tocaban a muertes nuevas. Los sacerdotes habían tenido que abreviar los latines, para poder cumplir con todas las familias enlutadas. En la llanura sonaba, lúgubre, el mismo responso funerario, que era el gran himno del terror. Porque el terror enflaquecía las caras y apretaba las gargantas. A la sombra de las cruces de plata que iban y venían por los caminos, el veneno verde, el veneno amarillo, o el veneno que no teñía el agua, seguía reptando, bajando por las chimeneas de las cocinas, colándose por las rendijas de las puertas cerradas, como una incontenible enredadera que buscara las sombras para hacer de los cuerpos sombras. De misereres a de profundis proseguía, hora tras hora, la siniestra antífona de los sochantres.

Exasperados por el miedo, borrachos de vino por no atreverse ya a probar el agua de los pozos, los colonos azotaban y torturaban a sus esclavos, en busca de una explicación. Pero el veneno seguía diezmando las familias, acabando con gentes y crías, sin que las rogativas, los consejos médicos, las promesas a los santos, ni los ensalmos ineficientes de un marinero bretón nigromante y curandero, lograran detener la subterránea marcha de la muerte. Con prisa involuntaria por ocupar la última fosa que quedaba en el cementerio, Madame Lenormand de Mezy falleció el domingo de Pentecostés, poco después de probar una naranja particularmente hermosa que una rama, demasiado complaciente, había puesto al alcance de sus manos. Se había proclamado el estado de sitio en la Llanura. Todo el que anduviera por los campos, o en cercanía de las casas después de la puesta del sol, era derribado a tiros de mosquete sin previo aviso. La guarnición del Cabo había desfilado por los caminos, en risible advertencia de muerte mayor al enemigo inapresable. Pero el veneno seguía alcanzando el nivel de las bocas por las vías más inesperadas. Un día, los ocho miembros de la familia Du Periguy lo encontraron en una barrica de sidra que ellos mismos habían traído a brazos desde la bodega de un barco recién anclado. La carroña se había adueñado de toda la comarca.

Cierta tarde en que lo amenazaban con meterle una carga de pólvora en el trasero, el fula patizambo acabó por hablar. El manco Mackandal, hecho un houngán del rito Radá, investido de poderes extraordinarios por varias caídas en posesión de dioses mayores, era el Señor del Veneno. Dotado de suprema autoridad por los Mandatarios de la otra orilla, había proclamado la cruzada del exterminio, elegido, como lo estaba, para acabar con los blancos y crear un gran imperio de negros libres en Santo Domingo. Millares de esclavos le eran adictos. Ya nadie detendría la marcha del veneno. Esta revelación levantó una tempestad de trallazos en la hacienda. Y apenas la pólvora, encendida de pura rabia, hubo reventado los intestinos del negro hablador, un mensajero fue despachado al Cabo. Aquella misma tarde se movilizaron todos los hombres disponibles para dar caza a Mackandal. La Llanura —hedionda a carne verde, a pezuñas mal quemadas, a oficio de gusanos— se llenó de ladridos y de blasfemias.

# VI

## LAS METAMORFOSIS

Durante varias semanas, los soldados de la guarnición del Cabo y las patrullas formadas por colonos, contadores y mayorales, registraron la comarca, arboleda por arboleda, barranca por barranca, junquera por junquera sin hallar el rastro de Mackandal. El veneno por otra parte, sabida su procedencia, había detenido su ofensiva, volviendo a las tinajas que el manco debía de haber enterrado en alguna parte, haciéndose espuma en la gran noche de la tierra, que noche de tierra era ya para tantas vidas. Los perros y los hombres volvían del monte al atardecer, sudando el cansancio y el despecho por todos los poros. Ahora que la muerte había recobrado su ritmo normal, en un tiempo que sólo aceleraban ciertas destemplanzas de enero, o ciertas fiebres peculiares, levantadas por las lluvias, los colonos se daban al aguardiente y al juego, maleados por una forzada convivencia con la soldadesca. Entre canciones obscenas y tramposas martingalas, sobándose de paso los senos de las negras que traían vasos limpios, se evocaban las hazañas de abuelos que habían tomado parte en el saqueo de Cartagena de Indias o habían hundido las manos en el tesoro de la

31

corona española cuando Piet Hein, pata de palo, lograra en aguas cubanas la fabulosa hazaña soñada por los corsarios durante cerca de dos siglos. Sobre mesas manchadas de vinazo, en el ir y venir de los tiros de dados, se proponían brindis a L'Esnambuc, a Bertrand d'Ogeron, a Du Rausset y a los hombres de pelo en pecho que habían creado la colonia por su cuenta y riesgo, haciendo la ley a bragas, sin dejarse intimidar nunca por edictos impresos en París ni por las blandas reconvenciones del Código Negro. Dormidos bajo los escabeles, los perros descansaban de las carlancas.

Llevadas ahora con gran pereza, con siestas y meriendas a la sombra de los árboles, las batidas contra Mackandal se espaciaban. Varios meses habían transcurrido sin que se supiera nada del manco. Algunos creían que se hubiera refugiado al centro del país, en las alturas nubladas de la Gran Meseta, allá donde los negros bailaban fandangos de castañuelas. Otros afirmaban que el houngán, llevado en una goleta, estaba operando en la región de Jacmel, donde muchos hombres que habían muerto trabajaban la tierra, mientras no tuvieran oportunidad de probar la sal. Sin embargo, los esclavos se mostraban de un desafiante buen humor. Nunca habían golpeado sus tambores con más ímpetu los encargados de rimar el apisonamiento del maíz o el corte de las cañas. De noche, en sus barracas y viviendas, los negros se comunicaban, con gran regocijo, las más raras noticias: una iguana verde se había calentado el lomo en el techo del secadero de tabaco; alguien había visto volar, a medio día, una mariposa nocturna; un perro grande, de erizada pelambre, había atravesado la casa, a todo correr, llevándose un pernil de venado; un alcatraz había largado los piojos —tan lejos del mar— al sacudir sus alas sobre el emparrado del traspatio.

Todos sabían que la iguana verde, la mariposa nocturna, el perro desconocido, el alcatraz inverosímil, no eran sino simples disfraces. Dotado del poder de transformarse en animal de pezuña, en ave, pez o insecto, Mackandal visitaba continuamente las haciendas de la Llanura para vigilar a sus fieles y saber si todavía confiaban en su regreso. De metamorfosis en metamorfosis, el manco estaba en todas partes, habiendo recobrado su integridad corpórea al vestir trajes de animales. Con alas un día, con agallas al otro, galopando o reptando, se había adueñado del curso de los ríos subterráneos, de las cavernas de la costa, de las copas de los árboles, y reinaba ya sobre la isla entera. Ahora, sus poderes eran ilimitados. Lo mismo podía cubrir una yegua que descansar en el frescor de un aljibe, posarse en las ramas ligeras de un aromo o colarse por el ojo de una cerradura. Los perros no le ladraban; mudaba de sombra según conviniera. Por obra suya, una negra parió un niño con cara de jabalí. De noche solía aparecerse en los caminos bajo el pelo de un chivo negro con ascuas en los cuernos. Un día daría la señal del gran levantamiento, y los Señores de Allá, encabezados por Damballah, por el Amo de los Caminos y por Ogún de los Hierros, traerían el rayo y el trueno, para desencadenar el ciclón que completaría la obra de los hombres. En esa gran hora —decía Ti Noel— la sangre de los blancos correría hasta los arroyos, donde los Loas, ebrios de júbilo, la beberían de bruces, hasta llenarse los pulmones.

Cuatro años duró la ansiosa espera, sin que los oídos bien abiertos desesperaran de escuchar, en cual-

33

quier momento, la voz de los grandes caracoles que debían de sonar en la montaña para anunciar a todos que Mackandal había cerrado el ciclo de sus metamorfosis, volviendo a asentarse, nervudo y duro, con testículos como piedras, sobre sus piernas de hombre.

# VII

## EL TRAJE DE HOMBRE

Después de haber reinstalado en su habitación, por un cierto tiempo, a Marinette la lavandera, Monsieur Lenormand de Mezy, alcahueteado por el párroco de Limonade, se había vuelto a casar con una viuda rica, coja y devota. Por ello, cuando soplaron los primeros nortes de aquel diciembre, los domésticos de la casa dirigidos por el bastón del ama, comenzaron a disponer santones provenzales en torno a una gruta de estraza, aún oliente a cola tibia, destinada a iluminarse, en Navidad, bajo el alar de un soportal. Toussaint, el ebanista, había tallado unos reyes magos, en madera, demasiado grandes para el conjunto, que nunca acababan de colocarse, sobre todo a causa de las terribles córneas blancas de Baltasar —particularmente realzado a pincel—, que parecían emerger de la noche del ébano con tremebundas acusaciones de ahogado. Ti Noel y los demás esclavos de la dotación asistían a los progresos del Nacimiento, recordando que se aproximaban los días de aguinaldos y misas de gallo, y que las visitas y los convites de los amos hacían que se relajara un tanto la disciplina, hasta el punto de que no fuese difícil conseguir una oreja de cochino en las cocinas, llevarse una bocanada de vino de la canilla de un tonel o colarse de noche en el barracón de las mujeres angolas, recién compradas, que el amo iba a acoplar, bajo cristiano sacramento, después de las fiestas. Pero esta vez Ti Noel sabía que no estaría presente cuando se encendieran las velas y brillaran los oros de la gruta. Pensaba estar lejos esa noche, largándose a la calenda organizada por los de la hacienda Dufrené, autorizados a festejar con un tazón de aguardiente español por cabeza el nacimiento de un primer varón en la casa del amo.

*Roulé, roulé, Congoa roulé!*
*Roulé, roulé, Congoa roulé!*
*A for ti fille ya dansé congo ya-ya-ró!*

Hacía más de dos horas que los parches tronaban a la luz de las antorchas y que las mujeres repetían en compás de hombros su continuo gesto de lava-lava, cuando un estremecimiento hizo temblar por un instante la voz de los cantadores. Detrás del Tambor Madre se había erguido la humana persona de Mackandal. El mandinga Mackandal. Mackandal Hombre. El Manco. El Restituido. El Acontecido. Nadie lo saludó, pero su mirada se encontró con la de todos. Y los tazones de aguardiente comenzaron a correr, de mano en mano, hacia su única mano que debía traer larga sed. Ti Noel lo veía por vez primera al cabo de sus metamorfosis. Algo parecía quedarle de sus residencias en misteriosas moradas; algo de sus sucesivas vestiduras de escamas, de cerda o de vellón. Su barba se aguzaba con felino alargamiento, y sus ojos debían haber subido un poco hacia las sienes, como los de ciertas aves de cuya apariencia se hubiera vestido. Las mujeres pasaban y volvían a pasar delante de él, contoneando el cuerpo al ritmo del baile. Pero había tantas interrogaciones en el ambiente que de pronto, sin previo acuerdo, todas las voces se unieron en un yanvalú solemnemente aullado sobre la percusión. Al cabo de una espera de cuatro años, el canto se hacía cuadro de infinitas miserias:

> *Yenvalo moin Papa!*
> *Moin pas mangé q'm bambó*
> *Yanvalou, Papá, yanvalou moin!*
> *Ou vlai moin lavé chaudier,*
> *Yenvalo moin?*

¿Tendré que seguir lavando las calderas? ¿Tendré que seguir comiendo bambúes? Como salidas de las entrañas, las interrogaciones se apretaban, cobrando en coro, el desgarrado gemir de los pueblos llevados al exilio para construir mausoleos, torres o interminables murallas. ¡Oh, padre, mi padre, cuán largo es el camino! ¡Oh, padre, mi padre, cuán largo es el penar! De tanto lamentarse, Ti Noel había olvidado que los blancos también tenían oídos. Por eso, en el patio de la vivienda Dufrené se procedía en ese mismo momento a guarnecer de fulminantes todos los mosquetes, trabucos y pistolas que habían sido descolgados de las panoplias del salón. Y, por lo que pudiera pasar, se hizo una reserva de cuchillos, estoques y cachiporras, que quedarían al cuidado de las mujeres, ya entregadas a sus rezos y rogativas por la captura del mandinga.

## VIII

# EL GRAN VUELO

Un lunes de carga, poco antes del alba, las dotaciones de la 1ª... hacía comenzaron a entrar en la Ciudad del Cabo. Conducidos por sus amos y mayorales, recogidos, escoltados por guardias con tambores de campaña, los esclavos iban ingresando lentamente en la Plaza Mayor, donde las cajas, militares recogidan correspondiente entrega. Varios soldados amontonaban bajo estaba... lena al pie de un poste de... hojarasca, mientras otros atizaban la lumbre de un brasero. Ante el jefe de la Fuerza del Mayor municipal, sobremesa, a las jarras y funcionarios del rey, se hallaban las autoridades capitulares, designadas en altos uniformes, entregados a la tarea de una vieja... verde sobre peinados, y ...tapuntes. Con alegre alboroto de... acera en un... ron, empezaban ligeros compases a los... para y como da palos a palos de un ... juntar conversaban a gritos las damas de abanicos y mirones con las voces que glosamente... alterados por la emoción. Amarillos cuyas ventajas debían sobre la... aplicar, hecho empezar refrescos de limón y de horchata para sus invitados. Abajo, cada vez más apretados y sudorosos, los negros esperaban un espectáculo que había sido organizado para ellos: una función de gala para negros, a cuya

## VIII

## EL GRAN VUELO

Un lunes de enero, poco antes del alba, las dotaciones de la Llanura del Norte comenzaron a entrar en la Ciudad del Cabo. Conducidos por sus amos y mayorales a caballo, escoltados por guardias con armamento de campaña, los esclavos iban ennegreciendo lentamente la Plaza Mayor, donde las cajas militares redoblaban con solemne compás. Varios soldados amontonaban haces de leña al pie de un poste de quebracho, mientras otros atizaban la lumbre de un brasero. En el atrio de la Parroquial Mayor, junto al gobernador, a los jueces y funcionarios del rey, se hallaban las autoridades capitulares, instaladas en altos butacones encarnados, a la sombra de un toldo funeral tendido sobre pértigas y tornapuntas. Con alegre alboroto de flores en un alféizar, movíanse ligeras sombrillas en los balcones. Como de palco a palco de un vasto teatro conversaban a gritos las damas de abanicos y mitones, con las voces deliciosamente alteradas por la emoción. Aquellos cuyas ventanas daban sobre la plaza, habían hecho preparar refrescos de limón y de horchata para sus invitados. Abajo, cada vez más apretados y sudorosos, los negros esperaban un espectáculo que había sido organizado para ellos; una función de gala para negros, a cuya

39

pompa se habían sacrificado todos los créditos necesarios. Porque esta vez la letra entraría con fuego y no con sangre, y ciertas luminarias, encendidas para ser recordadas, resultaban sumamente dispendiosas.

De pronto, todos los abanicos se cerraron a un tiempo. Hubo un gran silencio detrás de las cajas militares. Con la cintura ceñida por un calzón rayado, cubierto de cuerdas y de nudos, lustroso de lastimaduras frescas, Mackandal avanzaba hacia el centro de la plaza. Los amos interrogaron las caras de sus esclavos con la mirada. Pero los negros mostraban una despechante indiferencia. ¿Qué sabían los blancos de cosas de negros? En sus ciclos de metamorfosis, Mackandal se había adentrado muchas veces en el mundo arcano de los insectos, desquitándose de la falta de un brazo humano con la posesión de varias patas, de cuatro élitros o de largas antenas. Había sido mosca, ciempiés, falena, comején, tarántula, vaquita de San Antón y hasta cocuyo de grandes luces verdes. En el momento decisivo, las ataduras del mandinga, privadas de un cuerpo que atar, dibujarían por un segundo el contorno de un hombre de aire, antes de resbalar a lo largo del poste. Y Mackandal, transformado en mosquito zumbón, iría a posarse en el mismo tricornio del jefe de las tropas, para gozar del desconcierto de los blancos. Eso era lo que ignoraban los amos; por ello habían despilfarrado tanto dinero en organizar aquel espectáculo inútil, que revelaría su total impotencia para luchar contra un hombre ungido por los grandes Loas.

Mackandal estaba ya adosado al poste de torturas. El verdugo había agarrado un rescoldo con las tenazas. Repitiendo un gesto estudiado la víspera frente al espejo, el gobernador desenvainó su espada de corte y dio orden de que se cumpliera la sentencia. El fuego comenzó a subir hacia el manco, sollamándole las piernas. En ese momento, Mackandal agitó su muñón que no habían podido atar, en un gesto conminatorio que no por menguado era menos terrible, aullando conjuros desconocidos y echando violentamente el torso hacia adelante. Sus ataduras cayeron, y el cuerpo del negro se espigó en el aire, volando por sobre las cabezas, antes de hundirse en las ondas negras de la masa de esclavos. Un solo grito llenó la plaza.

—*Mackandal sauvé!*

Y fue la confusión y el estruendo. Los guardias se lanzaron, a culatazos, sobre la negrada aullante, que ya no parecía caber entre las casas y trepaba hacia los balcones. Y a tanto llegó el estrépito y la grita y la turbamulta, que muy pocos vieron que Mackandal, agarrado por diez soldados, era metido en el fuego, y que una llama crecida por el pelo encendido ahogaba su último grito. Cuando las dotaciones se aplacaron, la hoguera de buena leña, y la brisa venida del mar levantaba un buen humo hacia los balcones donde más de una señora desmayada volvía en sí. Ya no había nada que ver.

Aquella tarde los esclavos regresaron a sus haciendas riendo por todo el camino. Mackandal había cumplido su promesa, permaneciendo en el reino de este mundo. Una vez más eran burlados los blancos por los Altos Poderes de la Otra Orilla. Y mientras Monsieur Lenormand de Mezy, de gorro de dormir, comentaba con su beata esposa la insensibilidad de los negros ante el suplicio de un semejante —sacando de ello ciertas consideraciones filosóficas sobre la desigualdad de las razas humanas, que se proponía desarrollar en un dis-

curso colmado de citas latinas— Ti Noel embarazó de *made pregnant*
jimaguas *twins* a una de las fámulas de cocina, trabándola,
por tres veces, dentro de uno de los pesebres de la
caballeriza.

«...je lui dis qu'elle serait reine là-bas; qu'elle irait en palanquin; qu'une esclave serait attentive au moindre de ses mouvements pour exécuter sa volonté; qu'elle se promenerait sous les orangers en fleur; que les serpents ne devraient lui faire aucune peur, attendu qu'il n'y en avait pas dans les Antilles; que les sauvages n'étaient plus à craindre; que ce n'était pas là que la broche était mise pour rôtir les gens: enfin j'achevais mon discours en lui disant qu'elle serait bien jolie mise en créole.»

Madame D'Abrantès.

## LA HIJA DE MINOS Y PASIFAE

Poco después de la muerte de la segunda esposa de Monsieur Lecomandé de Meré, L'Hoël favoreció la idea de ir al Cabo pretextable una crisis de existencia encargadas de libros. En aquellos días la ciudad había progresado asombrosamente, así todas las casas eran de dos pisos, con balcones de anchos salones en vuelta de esquina y altas puertas de medio punto, sombreadas de finos alambres y persianas verdosas. Había finas sastres, sombrereros, bañistas, y cupieron ahí en una tienda se ofrecían violas y flautas transversas, así como papeles de contradanzas y de sonatas. El librero exhibía el último número de la *Gaceta de Saint-Domingue*, impreso en papel ligero, con páginas encuadradas por viñetas y medias cañas, y, para una función de teatro de drama y ópera había sido anunciado en la calle Vaudreuil. Esta prosperidad favorecía muy particularmente la calle de los Españoles, llevando huéspedes acomodados forasteros al albergue de La Corona, que Henri Christophe, el maestro cocinero, acababa de comprar a Mademoiselle Monjean, su antigua patrona. Los guisos del negro eran alabados por el justo punto del aderezo —cuando tenía que vérselas con un cliente venido de París— o por la abundancia de viandas en

# 1

## LA HIJA DE MINOS Y PASIFAE

Poco después de la muerte de la segunda esposa de Monsieur Lenormand de Mezy, Ti Noel tuvo oportunidad de ir al Cabo para recibir unos arreos de ceremonia encargados a París. En aquellos años la ciudad había progresado asombrosamente. Casi todas las casas eran de dos pisos, con balcones de anchos alares en vuelta de esquina y altas puertas de medio punto, ornadas de finos alamudes o pernios trebolados. Había más sastres, sombrereros, plumajeros, peluqueros; en una tienda se ofrecían violas y flautas traverseras, así como papeles de contradanzas y de sonatas. El librero exhibía el último número de la *Gazette de Saint Domingue,* impresa en papel ligero, con páginas encuadradas por viñetas y medias cañas. Y, para más lujo, un teatro de drama y ópera había sido inaugurado en la calle Vaudreuil. Esta prosperidad favorecía muy particularmente la calle de los Españoles, llevando los más acomodados forasteros al albergue de *La Corona,* que Henri Christophe, el maestro cocinero, acababa de comprar a Mademoiselle Monjeon, su antigua patrona. Los guisos del negro eran alabados por el justo punto del aderezo —cuando tenía que vérselas con un cliente venido de París—, o por la abundancia de viandas en

45

olla podrida, cuando quería satisfacer el apetito de un español sentado, de los que llegaban de la otra vertiente de la isla con trajes tan fuera de moda que más parecían vestimentas de bucaneros antiguos. También era cierto que Henri Christophe, metido de alto gorro blanco en el humo de su cocina, tenía un tacto privilegiado para hornear el *volován* de tortuga o adobar en caliente la paloma torcaz. Y cuando ponía la mano en la artesa, lograba masas reales cuyo perfume volaba hasta más allá de la calle de los Tres Rostros.

Nuevamente solo, Monsieur Lenormand de Mezy no guardaba la menor consideración a la memoria de su finada, haciéndose llevar cada vez más a menudo al teatro del Cabo, donde verdaderas actrices de París cantaban arias de Juan Jacobo Rousseau o escandían noblemente los alejandrinos trágicos, secándose el sudor al marcar un hemistiquio. Un anónimo libelo en verso, flagelando la inconstancia de ciertos viudos, reveló a todo el mundo, en aquellos días, que un rico propietario de la Llanura solía solazar sus noches con la abundosa belleza flamenca de una Mademoiselle Floridor, mala intérprete de confidentes, siempre relegada a las colas del reparto, pero débil como pocas en artes falatorias. Decidido por ella, al final de una temporada, el amo había partido a París, inesperadamente, dejando la administración de la hacienda en manos de un pariente. Pero entonces le había ocurrido algo muy sorprendente: al cabo de pocos meses, una creciente nostalgia de sol, de espacio, de abundancia, de señorío, de negras tumbadas a la orilla de una cañada, le había revelado que ese «regreso a Francia», para el cual había estado trabajando durante largos años, no era ya, para él, la clave de la felicidad. Y después de tanto maldecir de la colonia, de tanto renegar de su clima, de tanto criticar la rudeza de los colonos de cepa aventurera, había regresado a la hacienda, trayendo consigo a la actriz, rechazada por los teatros de París a causa de su escasa inteligencia dramática. Por eso, los domingos, dos magníficos coches habían vuelto a adornar la Llanura, camino de la Parroquial Mayor, con sus postillones de gran librea. Dominando la berlina de Mademoiselle Floridor —la cómica insistía en hacerse llamar por su nombre de teatro—, nunca quietas en el asiento trasero, diez mulatas de enaguas azules piaban a todo trapo, en gran tremolina de hembras al viento.

Sobre todo esto habían transcurrido veinte años. Ti Noel tenía doce hijos de una de las cocineras. La hacienda estaba más floreciente que nunca, con sus caminos bordeados de ipecacuana, con sus vides que ya daban un vino en agraz. Sin embargo, con la edad, Monsieur Lenormand de Mezy se había vuelto maniático y borracho. Una erotomanía perpetua le tenía acechando, a todas horas, a las esclavas adolescentes cuyo pigmento lo excitaba por el olfato. Era cada vez más aficionado a imponer castigos corporales a los hombres, sobre todo cuando los sorprendía fornicando fuera de matrimonio. Por su parte, ajada y mordida por el paludismo, la cómica se vengaba de su fracaso artístico haciendo azotar por cualquier motivo a las negras que la bañaban y peinaban. Ciertas noches se daba a beber. No era raro entonces que hiciera levantar la dotación entera, alta ya la luna, para declamar ante los esclavos, entre eructos de malvasía, los grandes papeles que nunca había alcanzado a interpretar. Envuelta en sus velos de confidente, de tímida mujer de séquito, atacaba con voz quebrada los altos trozos de bravura del repertorio:

*Mes crimes désormais ont comblé la mesure:*
*Je respire à la fois l'inceste et l'imposture;*
*Mes homicides mains, promptes à me venger,*
*Dans le sang innocent brûlent de se plonger.*

Estupefactos, sin entender nada, pero informados por ciertas palabras que también en *créole* se referían a faltas cuyo castigo iba de una simple paliza a la decapitación, los negros habían llegado a creer que aquella señora debía haber cometido muchos delitos en otros tiempos y que estaba probablemente en la colonia por escapar a la policía de París, como tantas prostitutas del Cabo, que tenían cuentas pendientes en la metrópoli. La palabra «crimen» era parecida en la jerga insular; todo el mundo sabía cómo llamaban en francés a los jueces; y, en cuanto al infierno de diablos colorados, bastante que les había hablado de él la segunda esposa de Monsieur Lenormand de Mezy, feroz censora de toda concupiscencia. Nada de lo que confesaba aquella mujer, vestida de una bata blanca que se transparentaba a la luz de los hachones, debía de ser muy edificante:

*Minos juge aux enfers tous les pâles humains.*
*Ah, combien frémira son ombre, épouvantée,*
*Lorsqu' il verra sa fille à ses yeux présentée*
*Contrainte d'avouer tant de forfaits divers,*
*Et des crimes peut-être inconnus aux enfers!*

Ante tantas inmoralidades los esclavos de la hacienda de Lenormand de Mezy seguían reverenciando a Mackandal. Ti Noel transmitía los relatos del mandinga a sus hijos, enseñándoles canciones muy simples que había compuesto a su gloria, en horas de dar peine y almohaza a los caballos. Además, bueno era recordar a menudo al Manco, puesto que el Manco, alejado de estas tierras por tareas de importancia, regresaría a ellas el día menos pensado.

## II

## EL PACTO MAYOR

Los truenos parecían romperse en aludes sobre los riscosos perfiles del Morne Rouge, rodando largamente al fondo de las barrancas, cuando los delegados de las dotaciones de la Llanura del Norte llegaron a las espesuras de Bois Caiman, enlodados hasta la cintura, temblando bajo sus camisas mojadas. Para colmo, aquella lluvia de agosto, que pasaba de tibia a fría según girara el viento, estaba apretando cada vez más desde la hora de la queda de esclavos. Con el pantalón pegado a las ingles, Ti Noel trataba de cobijar su cabeza bajo un saco de yute, doblado a modo de capellina. A pesar de la obscuridad, era seguro que ningún espía se hubiese deslizado en la reunión. Los avisos habían sido dados, muy a última hora, por hombres probados. Aunque se hablara en voz baja, el rumor de las conversaciones llenaba todo el bosque, confundiéndose con la constante presencia del aguacero en las frondas estremecidas.

De pronto, una voz potente se alzó en medio del congreso de sombras. Una voz, cuyo poder de pasar sin transición del registro grave al agudo daba un raro énfasis a las palabras. Había mucho de invocación y de ensalmo en aquel discurso lleno de inflexiones coléricas y de gritos. Era Bouckman el jamaicano quien

51

hablaba de esta manera. Aunque el trueno apagara frases enteras, Ti Noel creyó comprender que algo había ocurrido en Francia, y que unos señores muy influyentes habían declarado que debía darse la libertad a los negros, pero que los ricos propietarios del Cabo, que eran todos unos hideputas monárquicos, se negaban a obedecer. Llegado a este punto, Bouckman dejó caer la lluvia sobre los árboles durante algunos segundos, como para esperar un rayo que se abrió sobre el mar. Entonces, cuando hubo pasado el retumbo, declaró que un Pacto se había sellado entre los iniciados de acá y los grandes Loas del África, para que la guerra se iniciara bajo los signos propicios. Y de las aclamaciones que ahora lo rodeaban brotó la admonición final:

—El Dios de los blancos ordena el crimen. Nuestros dioses nos piden venganza. Ellos conducirán nuestros brazos y nos darán la asistencia. ¡Rompan la imagen del Dios de los blancos, que tiene sed de nuestras lágrimas; escuchemos en nosotros mismos la llamada de la libertad!

Los delegados habían olvidado la lluvia que les corría de la barba al vientre, endureciendo el cuero de los cinturones. Una alarida se había levantado en medio de la tormenta. Junto a Bouckman, una negra huesuda, de largos miembros, estaba haciendo molinetes con un machete ritual.

*Fai Ogún, Fai Ogún, Fai Ogún, oh!*
*Damballah m'ap tiré canon,*

*Fai Ogún, Fai Ogún, Fai Ogún, oh!*
*Damballah m'ap tiré canon,*

Ogún de los hierros, Ogún el guerrero, Ogún de las fraguas, Ogún mariscal, Ogún de las lanzas, Ogún-Changó, Ogún-Kankanikán, Ogún-Batala, Ogún-Panamá, Ogún-Bakulé, eran invocados ahora por la sacerdotisa del Radá, en medio de la grita de sombras:

> *Ogún Badagrí,*
> *Général sanglant,*
> *Saizi z'orage*
> *Ou scell'orage*
> *Ou fait Kataoun z'eclai!*

El machete se hundió súbitamente en el vientre de un cerdo negro, que largó las tripas y los pulmones en tres aullidos. Entonces, llamados por los nombres de sus amos, ya que no tenían más apellido, los delegados desfilaron de uno en uno para untarse los labios con la sangre espumosa del cerdo, recogida en un gran cuenco de madera. Luego, cayeron de bruces sobre el suelo mojado. Ti Noel, como los demás, juró que obedecería siempre a Bouckman. El jamaicano abrazó entonces a Jean François, a Biassou, a Jeannot, que no habrían de volver aquella noche a sus haciendas. El estado mayor de la sublevación estaba formado. La señal se daría ocho días después. Era muy probable que se lograría alguna ayuda de los colonos españoles de la otra vertiente, enemigos irreconciliables de los franceses. Y en vista de que sería necesario redactar una proclama y nadie sabía escribir, se pensó en la flexible pluma de oca del abate de la Haye, párroco del Dondón, sacerdote volteriano que daba muestras de inequívocas simpatías por los negros desde que había tomado conocimiento de la Declaración de Derechos del Hombre.

Como la lluvia había hinchado los ríos, Ti Noel tuvo que lanzarse a nado en la cañada verde, para estar en la caballeriza antes del despertar del mayoral. La campana del alba lo sorprendió sentado y cantando, metido hasta la cintura en un montón de esparto fresco, oliente a sol.

## III

## LA LLAMADA DE LOS CARACOLES

Monsieur Lenormand de Mezy estaba de pésimo humor desde su última visita al Cabo. El gobernador Blanchelande, monárquico como él, se mostraba muy agriado por las molestas divagaciones de los idiotas utopistas que se apiadaban, en París, del destino de los negros esclavos. ¡Oh! Era muy fácil, en el Café de la Régence, en las arcadas del Palais Royal, soñar con la igualdad de los hombres de todas las razas, entre dos partidas de faraón. A través de vistas de puertos de América, embellecidas por rosas de los vientos y tritones con los carrillos hinchados; a través de los cuadros de mulatas indolentes, de lavanderas desnudas, de siestas en platanales, grabados por Abraham Brunias y exhibidos en Francia entre los versos de Du Parny y la profesión de fe del vicario saboyano, era muy difícil no imaginarse a Santo Domingo como el paraíso vegetal de Pablo y Virginia, donde los melones no colgaban de las ramas de los árboles tan sólo porque hubieran matado a los transeúntes al caer de tan alto. Ya en mayo, la Asamblea Constituyente, integrada por una chusma liberaloide y enciclopedista, había acordado que se concedieran derechos políticos a los negros, hijos de manumisos. Y ahora, ante el fantasma de una guerra civil, invocado por los propietarios, esos ideólogos a la Estanislao de Wimpffen respondían: «Perezcan las colonias antes que un principio».

Serían las diez de la noche cuando Monsieur Lenormand de Mezy, amargado por sus meditaciones, salió al batey de la tabaquería con el ánimo de forzar a alguna de las adolescentes que a esa hora robaban hojas en los secaderos para que las mascaran sus padres. Muy lejos, había sonado una trompa de caracol. Lo que resultaba sorprendente, ahora, era que al lento mugido de esa concha respondían otros en los montes y en las selvas. Y otros, rastreantes, más hacia el mar, hacia las alquerías de Millot. Era como si todas las porcelanas de la costa, todos los lambíes indios, todos los abrojines que servían para sujetar las puertas, todos los caracoles que yacían, solitarios y petrificados, en el tope de los Moles, se hubieran puesto a cantar en coro. Súbitamente, otro guamo alzó la voz en el barracón principal de la hacienda. Otros, más aflautados, respondieron desde la añilería, desde el secadero de tabaco, desde el establo. Monsieur Lenormand de Mezy, alarmado, se ocultó detrás de un macizo de buganvilias.

Todas las puertas de los barracones cayeron a la vez, derribadas desde adentro. Armados de estacas, los esclavos rodearon las casas de los mayorales, apoderándose de las herramientas. El contador, que había aparecido con una pistola en la mano, fue el primero en caer, con la garganta abierta, de arriba a abajo, por una cuchara de albañil. Luego de mojarse los brazos en la sangre del blanco, los negros corrieron hacia la vivienda principal, dando mueras a los amos, al gobernador, al Buen Dios y a todos los franceses del mundo. Pero, impulsados por muy largas apetencias, los más se arrojaron al sótano en busca de licor. A golpes de pico se destriparon los barriles de escabeche. Abiertos de duelas, los toneles largaron el morapio a borbotones, enrojeciendo las faldas de las mujeres. Arrebatadas entre gritos y empellones, las damajuanas de aguardiente, las bombonas de ron, se estrellaban en las paredes. Riendo y peleando, los negros resbalaban sobre un jaboncillo de orégano, tomates adobados, alcaparras y huevas de arenque, que clareaba, sobre el suelo de ladrillo, el chorrear de un odrecillo de aceite rancio. Un negro desnudo se había metido, por broma, dentro de un tinajón lleno de manteca de cerdo. Dos viejas peleaban, en congo, por una olla de barro. Del techo se desprendían jamones y colas de abadejo. Sin meterse en la turbamulta, Ti Noel pegó la boca, largamente, con muchas bajadas de la nuez, a la canilla de un barril de vino español. Luego, subió al primer piso de la vivienda, seguido de sus hijos mayores, pues hacía mucho tiempo ya que soñaba con violar a Mademoiselle Floridor, quien, en sus noches de tragedia, lucía aún, bajo la túnica ornada de meandros, unos senos nada dañados por el irreparable ultraje de los años.

## IV

## DOGÓN DENTRO DEL ARCA

Al cabo de dos días de espera en el fondo de un pozo seco, que no por su escasa hondura era menos lóbrego, Monsieur Lenormand de Mezy, pálido de hambre y de miedo, sacó la cara, lentamente, sobre el canto del brocal. Todo estaba en silencio. La horda había partido hacia el Cabo, dejando incendios que tenían un nombre cuando se buscaba con la mirada la base de columnas de humo que se abovedaban en el cielo. Un pequeño polvorín acababa de volar hacia la Encrucijada de los Padres. El amo se acercó a la casa, pasando junto al cadáver hinchado del contador. Una horrible pestilencia venía de las perreras quemadas: ahí los negros habían saldado una vieja cuenta pendiente, untando las puertas de brea para que no quedara animal vivo. Monsieur Lenormand de Mezy entró en su habitación. Mademoiselle Floridor yacía, despatarrada, sobre la alfombra, con una hoz encajada en el vientre. Su mano muerta agarraba todavía una pata de la cama con gesto cruelmente evocador del que hacía la damisela dormida de un grabado licencioso que, con el título El Sueño, adornaba la alcoba. Monsieur Lenormand de Mezy, quebrado en sollozos, se desplomó a su lado. Luego agarró un rosario y rezó todas las oraciones que sabía, sin olvidar la que le habían enseñado, de niño, para la cura de los sabañones. Y así pasó varios días, aterrorizado, sin atreverse a salir de la casa entregada, abierta de puertas a su propia ruina, hasta que un correo a caballo frenó su montura en el traspatio con tal brusquedad que la bestia se fue de ollares contra una ventana, resbalando sobre chispas. Las noticias, dadas a gritos, sacaron a Monsieur Lenormand de Mezy de su estupor. La horda estaba vencida. La cabeza del jamaicano Bouckman se engusanaba ya, verdosa y boquiabierta, en el preciso lugar en que se había hecho ceniza hedionda la carne del manco Mackandal. Se estaba organizando el exterminio total de negros, pero todavía quedaban partidas armadas que saqueaban las viviendas solitarias. Sin poder demorarse en dar sepultura al cadáver de su esposa, Monsieur Lenormand de Mezy se montó en la grupa del caballo del mensajero, que salió gualtrapeando por el camino del Cabo. A lo lejos sonó una descarga de fusilería. El correo apretó los tacones.

El amo llegó a tiempo para impedir que Ti Noel y doce esclavos más marcados por su hierro, fuesen amacheteados en el patio del cuartel, donde los negros, atados de dos en dos, lomo a lomo, esperaban la muerte por armas de filo, porque era más prudente economizar la pólvora. Eran los únicos esclavos que le quedaban y, entre todos, valían por lo menos seis mil quinientos pesos españoles en el mercado de La Habana. Monsieur Lenormand de Mezy clamó por los más tremendos castigos corporales, pero pidió que se aplazara la ejecución en tanto no hubiera hablado con el gobernador. Temblando de nerviosidad, de insomnio, de excesos de café, Monsieur Blanchelande andaba de un extremo a otro de su despacho adornado por un retrato de Luis XVI y de María Antonieta con el Delfín. Difícil era sacar una orientación precisa de su desordenado monólogo, en que los vituperios a los filósofos alternaban con citas de agoreros fragmentos de cartas suyas, enviadas a París, y que no habían sido contestadas siquiera. La anarquía se entronizaba en el mundo. La colonia iba a la ruina. Los negros habían violado a casi todas las señoritas distinguidas de la Llanura. Después de haber destrozado tantos encajes, de haberse refocilado entre tantas sábanas de hilo, de haber degollado a tantos mayorales, ya no habría modo de contenerlos. Monsieur Blanchelande estaba por el exterminio total y absoluto de los esclavos, así como de los negros y mulatos libres. Todo el que tuviera sangre africana en las venas, así fuese cuarterón, tercerón, mameluco, grifo o marabú, debía ser pasado por las armas. Y es que no había que dejarse engañar por los gritos de admiración lanzados por los esclavos, cuando se encendían, en Pascuas, las luminarias de Nacimientos. Bien lo había dicho el padre Labat, luego de su primer viaje a estas islas: los negros se comportaban como los filisteos, adorando a Dogón dentro del Arca. El gobernador pronunció entonces una palabra a la que Monsieur Lenormand de Mezy no había prestado, hasta entonces, la menor atención: el «Vaudoux». Ahora recordaba que, años atrás, aquel rubicundo y voluptuoso abogado del Cabo que era Moreau de Saint Mery había recogido algunos datos sobre las prácticas salvajes de los hechiceros de las montañas, apuntando que algunos negros eran ofidiólatras. Este hecho, al volver a su memoria, lo llenó de zozobra haciéndole comprender que un tambor podía significar, en ciertos casos, algo más que una piel de chivo tensa sobre un tronco ahuecado. Los esclavos tenían, pues, una religión secreta que los alentaba y solidarizaba en sus rebeldías. A lo mejor, durante años y años, habían observado las prácticas de esa religión en sus mismas narices, hablándose con los tambores de calendas, sin que él lo sospechara. ¿Pero acaso una persona culta podía haberse preocupado por las salvajes creencias de gentes que adoraban una serpiente?...

Hondamente deprimido por el pesimismo del gobernador, Monsieur Lenormand de Mezy anduvo sin rumbo, hasta el anochecer, en las calles de la ciudad. Contempló largamente la cabeza de Bouckman, escupiéndola de insultos hasta aburrirse de repetir las mismas porquerías. Estuvo un rato en la casa de la gruesa Louison, cuyas muchachas, ceñidas de muselina blanca, se abanicaban los senos desnudos en un patio, lleno de malangas puestas en tiestos. Pero reinaba en todas partes una mala atmósfera. Por ello, se dirigió a la calle de los Españoles, con el ánimo de beber en la hostería de *La Corona.* Al ver la casa cerrada, recordó que el cocinero Henri Christophe había dejado el negocio, poco tiempo antes, para vestir el uniforme de artillero colonial. Desde que se había llevado la corona de latón dorado que por tanto tiempo fuera la enseña del figón, no quedaba en el Cabo lugar donde un caballero pudiera comer a gusto. Algo alentado por un vaso de ron, servido en un mostrador cualquiera, Monsieur Lenormand de Mezy se puso al habla con el patrón de una urca carbonera, inmovilizada desde hacía meses, que levaría nuevamente las anclas, con rumbo a Santiago de Cuba, apenas se acabara de calafatear.

## V

## SANTIAGO DE CUBA

La urca había doblado el cabo del Cabo. Allá quedaba la ciudad, siempre amenazada por los negros, sabedores ya de una ayuda en armas ofrecida por los españoles y del calor con que ciertos jacobinos humanitarios comenzaban a defender su causa. Mientras Ti Noel y sus compañeros, encerrados en el sollado, sudaban sobre sacos de carbón, los viajeros de categoría sorbían las tibias brisas del estrecho de los vientos, reunidos en la popa. Había una cantante de la nueva compañía del Cabo, cuya fonda había sido quemada la noche de la sublevación y a la que sólo quedaba por vestimenta el traje de una Dido Abandonada; un músico alsaciano que había logrado salvar su clavicordio, ya destemplado por el salitre, interrumpía a veces un tiempo de sonata de Juan Federico Edelmann para ver saltar un pez volador sobre un banco de almejas amarillas. Un marqués monárquico, dos oficiales republicanos, una encapera y un cura italiano, que había cargado con la custodia de la iglesia, completaban el pasaje de la embarcación.

La noche de su llegada a Santiago, Monsieur Lenormand de Mezy se fue directamente al *Tívoli*, el teatro de guano construido recientemente por los primeros refugiados franceses, pues las bodegas cubanas, con sus mosqueros y sus burros arrendados en la entrada, le repugnaban. Después de tantas angustias, de tantos miedos, de tan grandes cambios, halló en aquel café concierto una atmósfera reconfortante. Las mejores mesas estaban ocupadas por viejos amigos suyos, propietarios que, como él, habían huido ante los machetes afilados con melaza. Pero lo raro era que, despojados de sus fortunas, arruinados, con media familia extraviada y las hijas convalecientes de violaciones de negros —que no era poco decir—, los antiguos colonos, lejos de lamentarse, estaban como rejuvenecidos. Mientras otros, más previsores en lo de sacar dinero de Santo Domingo, pasaban a la Nueva Orleans o fomentaban nuevos cafetales en Cuba, los que nada habían podido salvar se regodeaban en su desorden, en su vivir al día, en su ausencia de obligaciones, tratando, por el momento, de hallar el placer en todo. El viudo redescubría las ventajas del celibato; la esposa respetable se daba al adulterio con entusiasmo de inventor; los militares se gozaban con la ausencia de dianas; las señoritas protestantes conocían el halago del escenario, luciéndose con arrebol y lunares en la cara. Todas las jerarquías burguesas de la colonia habían caído. Lo que más importaba ahora era tocar la trompeta, bordar un trío de minué con el oboe, y hasta golpear el triángulo a compás, para hacer sonar la orquesta del *Tívoli*. Los notarios de otros tiempos copiaban papeles de música; los recaudadores de impuestos pintaban decoraciones de veinte columnas salomónicas en lienzo de doce palmos. En las horas de ensayos, cuando todo Santiago dormía la siesta tras sus rejas de madera y puertas claveteadas, junto a las polvorientas tarascas del último Corpus, no era raro oír a una matrona, ayer famosa por su devoción, cantando con desmayados ademanes:

*Sous ses lois l'amour veut qu'on jouisse,*
*D'un bonheur qui jamais ne finisse!...*

Ahora se anunciaba un gran baile de pastores —de estilo ya muy envejecido en París—, para cuyo vestuario habían colaborado en común todos los baúles salvados del saqueo de los negros. Los camerinos de hoja de palma real propiciaban deliciosos encuentros, mientras algún marido barítono, muy posesionado de su papel, era inmovilizado en la escena por el aria de bravura del *Desertor* de Monsigny. Por vez primera se escuchaban en Santiago de Cuba músicas de pasapiés y de contradanzas. Las últimas pelucas del siglo, llevadas por las hijas de los colonos, giraban al son de minués vivos que ya anunciaban el vals. Un viento de licencia, de fantasía, de desorden, soplaba en la ciudad. Los jóvenes criollos comenzaban a copiar las modas de los emigrados, dejando para los Cabildantes del Ayuntamiento el uso de las siempre retrasadas vestimentas españolas. Ciertas damas cubanas tomaban clase de urbanidad francesa, a hurtadillas de sus confesores, y se adiestraban en el arte de presentar el pie para lucir primoroso el calzado. Por las noches, cuando asistía al final del espectáculo con muchas copas detrás de la pechera, Monsieur Lenormand de Mezy se levantaba con los demás para cantar, según la costumbre establecida por los mismos refugiados, el Himno de San Luis y la Marsellesa.

Ocioso, sin poder poner el espíritu en ninguna idea de negocios, Monsieur Lenormand de Mezy empezó a compartir su tiempo entre los naipes y la oración. Se deshacía de sus esclavos, uno tras del otro, para jugarse el dinero en cualquier garito, pagar sus cuentas pendientes en el *Tívoli*, o llevarse negras de las que hacían el negocio del puerto con nardos hincados en las pasas. Pero, a la vez, viendo que el espejo lo envejecía de semana en semana, empezaba a temer la inminente llamada de Dios. Masón en otros tiempos, desconfiaba ahora de los triángulos noveleros. Por ello, acompañado por Ti Noel, solía pasarse largas horas, gimiendo y sonándose jaculatorias, en la catedral de Santiago. El negro, entretanto, dormía bajo el retrato de un obispo o asistía al ensayo de algún villancico, dirigido por un anciano gritón, seco y renegrido, al que llamaban don Esteban Salas. Era realmente imposible comprender por qué ese maestro de capilla, al que todos parecían respetar sin embargo, se empeñaba en hacer entrar a sus coristas en el canto general de manera escalonada, cantando los unos lo que otros habían cantado antes, armándose un guirigay de voces capaz de indignar a cualquiera. Pero aquello era, sin duda, de agrado del pertiguero, personaje al que Ti Noel atribuía una gran autoridad eclesiástica, puesto que andaba armado y con pantalones como los hombres. A pesar de esas sinfonías discordantes que don Esteban Salas enriquecía con bajones, trompas y atiplados de seises, el negro hallaba en las iglesias españolas un calor de vodú que nunca había hallado en los templos sansulpicianos del Cabo. Los oros del barroco, las cabelleras humanas de los Cristos, el misterio de los confesionarios recargados de molduras, el can de los dominicos, los dragones aplastados por santos pies, el cerdo de San Antón, el color quebrado de San Benito,

las Vírgenes negras, los San Jorge con coturnos y ju-
boncillos de actores de tragedia francesa, los instrumentos pastoriles tañidos en noches de pascuas, tenían una
fuerza envolvente, un poder de seducción, por presen-
cias, símbolos, atributos y signos, parecidos al que se
desprendía de los altares de los houmforts consagrados
a Damballah, el Dios Serpiente. Además, Santiago es
Ogún Fai, el mariscal de las tormentas, a cuyo conjuro
se habían alzado los hombres de Bouckman. Por ello,
Ti Noel, a modo de oración, le recitaba a menudo un
viejo canto oído a Mackandal:

> *Santiago, soy hijo de la guerra:*
> *Santiago,*
> *¿no ves que soy hijo de la guerra?*

Una to mañla al puerto de Santiago de Cuba se llenó de ladridos. Encadenados unos a otros, rabiando y arañando uno del bozal, tirando de sujetar a sus jinetes y de enredarse unos a otros, lanzaban hacia las gentes asomadas a las telas tupidas, y volvían do a morder sin poder morder, contraían de perra eran prietas a latigazos, en los bordes de un velero. Y llegaban gritos, porras, y arroyos al conducidos por mayorales del fincas, capitán y-mayoral de alta borda. Ti [No], que acababa de comprar un pargo por encargo del amo, se acercó a la total embarcación, en la que seguían tirando madine, por docenas, contados al paso, por un oficial tiznado que movía rápidamente las bolas de un ábaco.

—¿Adónde los llevan? —gritó Ti Noel a un marinero rubio que estaba desbastando una red para reparar una cabuda.

—¡A comer negros! —contestó el otro por encima de los ladridos.

Esta respuesta dada en créole fue toda una revelación para Ti Noel. Echó a correr calle abajo, hacia la parroquia, en cuyo atrio solían aguardarle otros negros esclavos que aguardaban a que sus amos salieran de

# VI

## LA NAVE DE LOS PERROS

Una mañana el puerto de Santiago de Cuba se llenó de ladridos. Encadenados unos a otros, rabiando y amenazando tras del bozal, tratando de morder a sus guardianes y de morderse unos a otros, lanzándose hacia las gentes asomadas a las rejas, mordiendo y volviendo a morder sin poder morder, centenares de perros eran metidos a latigazos, en las bodegas de un velero. Y llegaban otros perros, y otros más, conducidos por mayorales de fincas, guajiros y monteros de altas botas. Ti Noel, que acababa de comprar un pargo por encargo del amo, se acercó a la rara embarcación, en la que seguían entrando mastines por docenas, contados, al paso, por un oficial francés que movía rápidamente las bolas de un ábaco.

—¿Adónde los llevan? —gritó Ti Noel a un marinero mulato que estaba desdoblando una red para cerrar una escotilla.

—¡A comer negros! —carcajeó el otro, por encima de los ladridos.

Esta respuesta, dada en *créole,* fue toda una revelación para Ti Noel. Echó a correr calles arriba, hacia la catedral, en cuyo atrio solían encontrarse otros negros franceses que aguardaban a que sus amos salieran de misa. Precisamente la familia Dufrené, perdida toda esperanza de conservar sus tierras, había llegado a Santiago tres días antes, luego de abandonar la hacienda hecha famosa por la captura de Mackandal. Los negros de Dufrené traían grandes noticias del Cabo.

Desde el momento de embarcar, Paulina se había sentido un poco reina a bordo de aquella fragata cargada de tropas que navegaba ahora hacia las Antillas, llevando en el crujido del cordaje el compás de olas de ancho regazo. Su amante, el actor Lafont, la había familiarizado con los papeles de soberana, rugiendo para ellos los versos más reales de *Bayaceto* y de *Mitrídates*. Muy desmemoriada, Paulina recordaba vagamente algo del *Helesponto blanqueando bajo nuestros remos*, que rimaba bastante bien con la estela de espuma dejada por *El Océano*, abierto de velas en un tremolar de gallardetes. Pero ahora cada cambio de brisa se llevaba varios alejandrinos. Después de haber demorado la partida de todo un ejército con su capricho inocente de viajar de París a Brest en una litera de brazos, tenía que pensar en cosas más importantes. En banastas lacradas se guardaban pañuelos traídos de la Isla Mauricio, los corseletes pastoriles, las faldas de muselina rayada, que iba a estrenarse en el primer día de calor, bien instruida como lo estaba, en cuanto a las modas de la colonia, por la duquesa de Abrantes. En suma, aquel viaje no resultaba tan aburrido. La primera misa dicha por el capellán desde lo alto del castillo de proa, a la salida de los malos tiempos del Golfo de Gascuña, había reunido a todos los oficiales en uniforme de aparato en torno al general Leclerc, su esposo. Los había de una espléndida traza, y Paulina, buena catadora de varones, a pesar de su juventud, se sentía deliciosamente halagada por la creciente codicia que ocultaban las reverencias y cuidados de que era objeto. Sabía que cuando los faroles se mecían en lo alto de los mástiles, en las noches cada vez más estrelladas, centenares de hombres soñaban con ella en los camarotes, castillos y sollados. Por eso era tan aficionada a fingir que meditaba, cada mañana, en la proa de la fragata, junto a la armadura del trinquete, dejándose despeinar por un viento que le pegaba el vestido al cuerpo, revelando la soberbia apostura de sus senos.

Algunos días después de pasar por el Canal de las Azores y contemplar, en la lejanía, las blancas capillas portuguesas de las aldeas, Paulina descubrió que el mar se estaba renovando. Ahora se ornaba de racimos de uvas amarillas, que derivaban hacia el este; traía agujones como hechos de un cristal verde; medusas semejantes a vejigas azules, que arrastraban largos filamentos encarnados; peces dientusos, de mala espina, y calamares que parecían enredarse en velos de novia de difusas vaguedades. Pero ya se había entrado en un calor que desabrochaba a los oficiales, a los que Leclerc, para poder hacer otro tanto, dejaba andar despechugados, con las casacas abiertas. Una noche particularmente sofocante, Paulina abandonó su camarote, envuelta en una dormilona, y fue a acostarse sobre la cubierta del alcázar, que había sido reservada a sus largas siestas. El mar era verdecido por extrañas fosforescencias. Un leve frescor parecía descender de estrellas que cada singladura acrecía. Al alba, el vigía descubrió, con grato desasosiego, la presencia de una mujer desnuda, dormida sobre una vela doblada, a la sombra del foque de mesana. Creyendo que se trataba de una de las camaristas, estuvo a punto de deslizarse hacia ella por una maroma. Pero un gesto de la durmiente, anunciador del pronto despertar, le reveló que contemplaba el cuerpo de Paulina Bonaparte. Ella se frotó los ojos, riendo como un niño, toda erizada por el alisio mañanero, y, creyéndose protegida de las miradas por las lonas que le ocultaban el resto de la cubierta, se vació varios baldes de agua dulce sobre los hombros. Desde aquella noche durmió siempre al aire libre, y de tantos fue conocido su generoso descuido que hasta el seco Monsieur d'Esmenard, encargado de organizar la policía represiva de Santo Domingo, llegó a soñar despierto ante su academia, evocando en su honor la Galatea de los griegos.

La revelación de la Ciudad del Cabo y de la Llanura del Norte, con su fondo de montañas difuminadas por el vaho de los plantíos de cañas de azúcar, encantó a Paulina, que había leído los amores de Pablo y Virginia y conocía una linda contradanza criolla, de ritmo extraño, publicada en París, en la calle del Salmón, bajo el título de *La Insular*. Sintiéndose algo ave del paraíso, algo pájaro lira, bajo sus faldas de muselina, descubría la finura de helechos nuevos, la parda jugosidad de los nísperos, el tamaño de hojas que podían doblarse como abanicos. En las noches, Leclerc le hablaba, con el ceño fruncido, de sublevaciones de esclavos, de dificultades con los colonos monárquicos, de amenazas de toda índole. Previendo peligros mayores, había mandado comprar una casa en la Isla de la Tortuga. Pero Paulina no le prestaba mucha atención. Seguía enterneciéndose con *Un negro como hay pocos blancos,* la lacrimosa novela de Joseph Lavalée, y gozando despreocupadamente de aquel lujo, de aquella abundancia que nunca había conocido en su niñez, demasiado llena de higos secos, de quesos de cabra, de aceitunas rancias. Vivía no lejos de la Parroquial Mayor, en una vasta casa de cantería blanca, rodeada de umbroso jardín. Al amparo de los tamarindos, había hecho cavar una piscina, revestida de mosaico azul, en la que se bañaba desnuda. Al principio se hacía dar masajes por sus camaristas francesas; pero pensó un día que la mano de un hombre sería más vigorosa y ancha, y se aseguró los servicios de Solimán, antiguo camarero de una casa de baños, quien, además de cuidar de su cuerpo, la frotaba con cremas de almendra, la depilaba y le pulía las uñas de los pies. Cuando se hacía bañar por él, Paulina sentía un placer maligno en rozar, dentro del agua de la piscina, los duros flancos de aquel servidor a quien sabía eternamente atormentado por el deseo, y que la miraba siempre de soslayo, con una falsa mansedumbre de perro muy ardido por la tralla. Solía pegarle con una rama verde, sin hacerle daño, riendo de sus visajes de fingido dolor. A la verdad, le estaba agradecida por la enamorada solicitud que ponía en todo lo que fuera atención a su belleza. Por eso permitía a veces que el negro, en recompensa de un encargo prestamente cumplido o de una comunión bien hecha, le besara las piernas, de rodillas en el suelo, con gesto que Bernardino de Saint-Pierre hubiera interpretado como símbolo de la noble gratitud de un alma sencilla ante los generosos empeños de la ilustración.

Y así iba pasando el tiempo, entre siestas y desperezos, creyéndose un poco Virginia, un poco Atala, a pesar de que a veces, cuando Leclerc andaba por el sur, se solazara con el ardor juvenil de algún guapo oficial. Pero una tarde, el peluquero francés que la peinaba con ayuda de cuatro operarios negros, se desplomó en su presencia, vomitando una sangre hedionda, a medio coagular. Con su corpiño moteado de plata, un horroroso aguafiestas había comenzado a zumbar en el ensueño tropical de Paulina Bonaparte.

## VII

## SAN TRASTORNO

A la mañana siguiente, instada por Leclerc que acababa de atravesar pueblos diezmados por la epidemia, Paulina huyó a la Tortuga, seguida por el negro Solimán y las camaristas cargadas de hatos. Los primeros días se distrajo bañándose en una ensenada arenosa y hojeando las memorias del cirujano Alejandro Oliverio Oexmelin, que tan bien había conocido los hábitos y fechorías de los corsarios y bucaneros de América, de cuya turbulenta vida en la isla quedaban las ruinas de una fea fortaleza. Se reía cuando el espejo de su alcoba le revelaba que su tez, bronceada por el sol, se había vuelto la de una espléndida mulata. Pero aquel descanso fue de corta duración. Una tarde, Leclerc desembarcó en la Tortuga con el cuerpo destemplado por siniestros escalofríos. Sus ojos estaban amarillos. El médico militar que lo acompañaba le hizo administrar fuertes dosis de ruibarbo.

Paulina estaba aterrorizada. A su mente volvían imágenes, muy desdibujadas, de una epidemia de cólera en Ajaccio. Los ataúdes que salían de las casas en hombros de hombres negros; las viudas veladas de negro, que aullaban al pie de las higueras; las hijas, vestidas de negro, que se querían arrojar a las tumbas de los

75

padres, y a quienes había que sacar de los cementerios a rastras. De pronto se sentía angustiada por la sensación de encierro que había tenido muchas veces, en la infancia. La Tortuga, con su tierra reseca, sus peñas rojizas, sus eriales de cactos y chicharras, su mar siempre visible, se le asemejaba, en estos momentos, a la isla natal. No había fuga posible. Detrás de aquella puerta estertoraba un hombre que había tenido la torpeza de traer la muerte apretada entre los entorchados. Convencida del fracaso de los médicos, Paulina escuchó entonces los consejos de Solimán, que recomendaba sahumerios de incienso, índigo, cáscaras de limón, y oraciones que tenían poderes extraordinarios como la del Gran Juez, la de San Jorge y la de San Trastorno. Dejó lavar las puertas de la casa con plantas aromáticas y desechos de tabaco. Se arrodilló a los pies del crucifijo de madera oscura, con una devoción aparatosa y un poco campesina, gritando con el negro, al final de cada rezo: *Malo, Presto, Pasto, Effacio, Amén.* Además, aquellos ensalmos, lo de hincar clavos en cruz en el tronco de un limonero, revolvían en ella un fondo de vieja sangre corsa, más cercano de la viviente cosmogonía del negro que de las mentiras del Directorio, en cuyo descreimiento había cobrado conciencia de existir. Ahora se arrepentía de haberse burlado tan a menudo de las cosas santas por seguir las modas del día. La agonía de Leclerc, acreciendo su miedo, la hizo avanzar más aún hacia el mundo de poderes que Solimán invocaba con sus conjuros, en verdadero amo de la isla, único defensor posible contra el azote de la otra orilla, único doctor probable ante la inutilidad de los recetarios. Para evitar que los miasmas malignos atravesaran el agua, el negro ponía a bogar pequeños barcos, hechos de un medio coco, todos empavesados con cintas sacadas del costurero de Paulina, que eran otros tantos tributos a Aguasú, Señor del Mar. Una mañana, Paulina descubrió un gálibo de barco de guerra en la impedimenta de Leclerc. Corriendo lo llevó a la playa, para que Solimán añadiera esa obra de arte a sus ofrendas. Había que defenderse de la enfermedad por todos los medios: promesas, penitencias, cilicios, ayunos, invocaciones a quien las escuchara, aunque a veces parara la oreja velluda el Falso Enemigo de su infancia. Súbitamente, Paulina comenzó a andar por la casa de manera extraña, evitando poner los pies sobre la intersección de las losas, que sólo se cortaban en cuadro —era cosa sabida— por impía instigación de los francmasones, deseosos de que los hombres pisaran la cruz a todas horas del día. Ya no eran esencias odorantes, frescas aguas de menta, las que Solimán derramaba sobre su pecho, sino untos de aguardiente, semillas machacadas, zumos pringosos y sangre de aves. Una mañana, las camaristas francesas descubrieron con espanto, que el negro ejecutaba una extraña danza en torno a Paulina, arrodillada en el piso con la cabellera suelta. Sin más vestimenta que un cinturón del que colgaba un pañuelo blanco a modo de cubre sexo, el cuello adornado de collares azules y rojos, Solimán saltaba como un pájaro, blandiendo un machete enmohecido. Ambos lanzaban gemidos largos, como sacados del fondo del pecho, que parecían aullidos de perro en noche de luna. Un gallo degollado aleteaba todavía sobre un reguero de granos de maíz. Al ver que una de las fámulas contemplaba la escena, el negro, furioso, cerró la puerta de un puntapié. Aquella tarde, varias imágenes de santos aparecieron colgadas de las vigas del techo, con la cabeza abajo. Solimán no se separaba ya de Paulina, durmiendo en su alcoba sobre una alfombra encarnada.

La muerte de Leclerc, agarrado por el vómito negro, llevó a Paulina a los umbrales de la demencia. Ahora el trópico se le hacía abominable, con sus buitres pacientes que se instalaban en los techos de las casas donde alguien sudaba la agonía. Luego de hacer colocar el cadáver de su esposo, vestido con uniforme de gala, dentro de una caja de madera de cedro, Paulina se embarcó presurosamente a bordo del *Switshure*, enflaquecida, ojerosa, con el pecho cubierto de escapularios. Pero pronto el viento del este, la sensación de que París crecía delante de la proa, el salitre que iba mordiendo las argollas del ataúd, empezaron a quitar cilicios a la joven viuda. Y una tarde en que la mar picada hacía crujir tremendamente los maderos de la quilla, sus velos de luto se enredaron en las espuelas de un joven oficial, especialmente encargado de honrar y custodiar los restos del general Leclerc. En la cesta que contenía sus ajados disfraces de criolla viajaba un amuleto a Papá Legba, trabajado por Solimán, destinado a abrir a Paulina Bonaparte todos los caminos que la condujeron a Roma.

La partida de Paulina señaló el ocaso de toda sensatez en la colonia. Con el gobierno de Rochambeau los últimos propietarios de la Llanura, perdida la esperanza de volver al bienestar de antaño, se entregaron a una vasta orgía sin coto ni tregua. Nadie hacía caso de los relojes, ni las noches terminaban porque hubiera amanecido. Había que agotar el vino, extenuar la carne, estar de regreso del placer antes de que una catástrofe acabara con una posibilidad de goce. El gobernador dispensaba favores a cambio de mujeres. Las damas del Cabo se mofaron del edicto del difunto Leclerc, disponiendo que «las mujeres blancas que se hubiesen prostituido con negros fuesen devueltas a Francia, cualquiera que fuese su rango». Muchas hembras se dieron al tribadismo, exhibiéndose en los bailes con mulatas que llamaban sus *cocottes*. Las hijas de esclavos eran forzadas en plena infancia. Por ese camino se llegó muy pronto al horror. Los días de fiesta, Rochambeau comenzó a hacer devorar negros por sus perros, y cuando los colmillos no se decidían a lacerar un cuerpo humano, en presencia de tantas brillantes personas vestidas de seda, se hería a la víctima con una espada, para que la sangre corriera, bien apetitosa. Estimando que con ello los negros se estarían quietos, el gobernador había mandado a buscar centenares de mastines a Cuba:

—*On leur fera bouffer du noir!*

El día que la nave vista por Ti Noel entró en la rada del Cabo, se emparejó con otro velero que venía de la Martinica, cargado de serpientes venenosas que el general quería soltar en la Llanura para que mordieran a los campesinos que vivían en casas aisladas y daban ayuda a los cimarrones del monte. Pero esas serpientes, criaturas de Damballah, habrían de morir sin haber puesto huevos, desapareciendo al mismo tiempo que los últimos colonos del antiguo régimen. Ahora, los Grandes Loas favorecían las armas negras. Ganaban batallas quienes tuvieran dioses guerreros que invocar. Ogún Badagrí guiaba las cargas al arma blanca contra las últimas trincheras de la Diosa Razón. Y, como en todos los combates que realmente merecen ser recordados porque alguien detuviera el sol o derribara murallas con una trompeta, hubo, en aquellos días, hombres que cerraron con el pecho desnudo las bocas de cañones enemigos y hombres que tuvieron poderes para apartar de su cuerpo el plomo de sus fusiles. Fue entonces cuando aparecieron en los campos unos sacerdotes negros, sin tonsura ni ordenación, que llamaban los Padres de la Sabana. En lo de decir latines sobre el jergón de un agonizante eran tan sabios como los curas franceses. Pero se les entendía mejor, porque cuando recitaban el Padre nuestro o el Avemaría sabían dar al texto acentos e inflexiones que eran semejantes a las de otros himnos por todos sabidos. Por fin ciertos asuntos de vivos y de muertos empezaban a tratarse en familia.

«*En todas partes se encontraban coronas reales, de oro, entre las cuales había unas, tan gruesas, que apenas si podían levantarse del suelo.*»

Karl Ritter, testigo
del saqueo de Sans-Souci.

# I

## LOS SIGNOS

Un negro, viejo pero firme aún sobre sus pies juanetudos y escamados, abandonó la goleta recién atracada al muelle de Saint-Marc. Muy lejos, hacia el Norte, una cresta de montañas dibujaba, con un azul apenas más oscuro que el del cielo, un contorno conocido. Sin esperar más, Ti Noel agarró un grueso palo de guayacán y salió de la ciudad. Ya estaban lejos los días en que un terrateniente santiaguero lo ganara por un órdago de mus a Monsieur Lenormand de Mezy, muerto poco después en la mayor miseria. Bajo la mano de su amo criollo había conocido una vida mucho más llevadera que la impuesta antaño a sus esclavos por los franceses de la Llanura del Norte. Así, guardando las monedas que el amo le había dado de aguinaldo, año tras año, había logrado pagar la suma que le exigiera el patrón de un barco pesquero para viajar en cubierta. Aunque marcado por dos hierros, Ti Noel era un hombre libre. Andaba ahora sobre una tierra en que la esclavitud había sido abolida para siempre.

En su primera jornada de marcha alcanzó las riberas del Artibonite, tumbándose al amparo de un árbol para hacer noche. Al amanecer echó a andar de nuevo, siguiendo un camino que se alargaba entre parras sil

83

vestres y bambúes. Los hombres que lavaban caballos le gritaban cosas que no entendía muy bien, pero a las que respondía a su manera, hablando de lo que se le antojara. Además, Ti Noel nunca estaba solo aunque estuviese solo. Desde hacía mucho tiempo había adquirido el arte de conversar con las sillas, las ollas, o bien con una vaca, una guitarra, o con su propia sombra. Aquí la gente era alegre. Pero, a la vuelta de un sendero, las plantas y los árboles parecieron secarse, haciéndose esqueletos de plantas y de árboles, sobre una tierra que, de roja y grumosa, había pasado a ser como de polvo de sótano. Ya no se veían cementerios claros, con sus pequeños sepulcros de yeso blanco, como templos clásicos del tamaño de perreras. Aquí los muertos se enterraban a orillas del camino, en una llanura callada y hostil, invadida por cactos y aromos. A veces, una cobija abandonada sobre sus cuatro horcones significaba una huida de los habitantes ante miasmas malévolos. Todas las vegetaciones que ahí crecían tenían filos, dardos, púas y leches para hacer daño. Los pocos hombres que Ti Noel se encontraba no respondían al saludo, siguiendo con los ojos pegados al suelo, como el hocico de sus perros. De pronto el negro se detuvo, respirando hondamente. Un chivo, ahorcado, colgaba de un árbol vestido de espinas. El suelo se había llenado de advertencias: tres piedras en semicírculo, con una ramita quebrada en ojiva a modo de puerta. Más adelante, varios pollos negros, atados por una pata, se mecían, cabeza abajo, a lo largo de una rama grasienta. Por fin, al cabo de los Signos, un árbol particularmente malvado, de tronco erizado de agujas negras, se veía rodeado de ofrendas. Entre sus raíces habían encajado —retorcidas, sarmentosas, despitorra-

84

das— varias Muletas de Legba, el Señor de los Caminos.

Ti Noel cayó de rodillas y dio gracias al cielo por haberle concedido el júbilo de regresar a la tierra de los Grandes Pactos. Porque él sabía —y lo sabían todos los negros franceses de Santiago de Cuba— que el triunfo de Dessalines se debía a una preparación tremenda, en la que habían intervenido Loco, Petro, Ogún Ferraille, Brise-Pimba, Caplou-Pimba, Marinette Bois-Cheche y todas las divinidades de la pólvora y del fuego, en una serie de caídas en posesión de una violencia tan terrible que ciertos hombres habían sido lanzados al aire o golpeados contra el suelo por los conjuros. Luego, la sangre, la pólvora, la harina de trigo y el polvo del café se habían amasado hasta constituir la Levadura capaz de hacer volver la cabeza a los antepasados, mientras latían los tambores consagrados y se entrechocaban sobre una hoguera los hierros de los iniciados. En el colmo de la exaltación, un inspirado se había montado sobre las espaldas de los hombres que relinchaban, trabados en piafante perfil de centauro, descendiendo, como a galope de caballo, hacia el mar que, más allá de la noche, más allá de muchas noches, lamía las fronteras del mundo de los Altos Poderes.

## II

## SANS-SOUCI

Al cabo de varios días de marcha, Ti Noel comenzó
a reconocer ciertos lugares. Por el sabor del agua, supo
que se había bañado muchas veces, pero más abajo, en
aquel arroyo que serpeaba hacia la costa. Pasó cerca
de la caverna en que Mackandal, otrora, hiciera mace-
rar sus plantas venenosas. Cada vez más impaciente,
descendió por el angosto valle de Dondón, hasta desembocar en la Llanura del Norte. Entonces, siguiendo
la orilla del mar, se encaminó hacia la antigua hacienda de Lenormand de Mezy.

Por las tres ceibas situadas en vértices de triángulo comprendió que había llegado. Pero ahí no quedaba
nada: ni añilería, ni secadores, ni establos, ni bucanes.
De la casa, una chimenea de ladrillos que habían cubierto las yedras de antaño, ya degeneradas por tanto
sol sin sombra; de la capilla, el gallo de hierro de la
veleta. Aquí y allá se erguían pedazos de pared, que parecían gruesas letras rotas. Los pinos, las parras, los
árboles de Europa, habían desaparecido, así como la
huerta donde, en otros tiempos, había comenzado a
blanquear el espárrago, a espesarse el corazón de la al-
cachofa, entre un respiro de menta y otro de mejorana.
La hacienda toda estaba hecha un erial atravesado por

87

un camino. Ti Noel se sentó sobre una de las piedras esquineras de la antigua vivienda, ahora piedras como otra cualquiera para quien no recordase tanto. Estaba hablando con las hormigas cuando un ruido inesperado le hizo volver la cabeza. Hacia él venían, a todo trote, varios jinetes de uniformes resplandecientes, con dormanes azules cubiertos de agujetas y paramentos, cuello de pasamanería, entorchados de mucho fleco, pantalones de gamuza galonada, chacós con penacho de plumas celeste y botas a lo húsar. Habituado a los sencillos uniformes coloniales, Ti Noel descubría de pronto, con asombro, las pompas de un estilo napoleónico, que los hombres de su raza habían llevado a un grado de boato ignorado por los mismos generales del Corso. Los oficiales pasaron por su lado, como metidos en una nube de polvo de oro, alejándose hacia Millot. El viejo, fascinado, siguió el rastro de sus caballos en la tierra del camino.

Al salir de una arboleda tuvo la impresión de penetrar en un suntuoso vergel. Todas las tierras que rodeaban el pueblo de Millot estaban cuidadas como huerta de alquería, con sus acequias a escuadra, con sus camellones verdecidos de posturas tiernas. Mucha gente trabajaba en esos campos, bajo la vigilancia de soldados armados de látigos que, de cuando en cuando, lanzaban un guijarro a un perezoso. «Presos», pensó Ti Noel, al ver que los guardianes eran negros, pero que los trabajadores también eran negros, lo cual contrariaba ciertas nociones que había adquirido en Santiago de Cuba, las noches en que había podido concurrir a alguna fiesta de tumbas y catás en el Cabildo de Negros Franceses. Pero ahora el viejo se había detenido, maravillado por el espectáculo más inesperado, más im-

88

ponente que hubiera visto en su larga existencia. Sobre un fondo de montañas estriadas de violado por gargantas profundas se alzaba un palacio rosado, un alcázar de ventanas arqueadas, hecho casi aéreo por el alto zócalo de una escalinata de piedra. A un lado había largos cobertizos tejados, que debían de ser las dependencias, los cuarteles y las caballerizas. Al otro lado, un edificio redondo, coronado por una cúpula asentada en blancas columnas, del que salían varios sacerdotes de sobrepelliz. A medida que se iba acercando, Ti Noel descubría terrazas, estatuas, arcadas, jardines, pérgolas, arroyos artificiales y laberintos de boj. Al pie de pilastras macizas, que sostenían un gran sol de madera negra, montaban la guardia dos leones de bronce. Por la explanada de honor iban y venían, en gran tráfago, militares vestidos de blanco, jóvenes capitanes de bicornio, todos constelados de reflejos, sonándose el sable sobre los muslos. Una ventana abierta descubría el trabajo de una orquesta de baile en pleno ensayo. A las ventanas del palacio asomábanse damas coronadas de plumas, con el abundante pecho alzado por el talle demasiado alto de los vestidos a la moda. En un patio, dos cocheros de librea daban esponja a una carroza enorme, totalmente dorada, cubierta de soles en relieve. Al pasar frente al edificio circular del que habían salido los sacerdotes, Ti Noel vio que se trataba de una iglesia, llena de cortinas, estandartes y baldaquines, que albergaba una alta imagen de la Inmaculada Concepción.

Pero lo que más asombraba a Ti Noel era el descubrimiento de que ese mundo prodigioso, como no lo habían conocido los gobernadores franceses del Cabo, era un mundo de negros. Porque negras eran aquellas hermosas señoras, de firme nalgatorio, que ahora bailaban la rueda en torno a una fuente de tritones; negros aquellos dos ministros de medias blancas, que descendían, con la cartera de becerro debajo del brazo, la escalinata de honor; negro aquel cocinero, con cola de armiño en el bonete, que recibía un venado de hombros de varios aldeanos conducidos por el Montero Mayor; negros aquellos húsares que trotaban en el picadero; negro aquel Gran Copero, de cadena de plata al cuello, que contemplaba, en compañía del Gran Maestre de Cetrería, los ensayos de actores negros en un teatro de verdura; negros aquellos lacayos de peluca blanca, cuyos botones dorados eran contados por un mayordomo de verde chaqueta; negra, en fin, y bien negra, era la Inmaculada Concepción que se erguía sobre el altar mayor de la capilla, sonriendo dulcemente a los músicos negros que ensayaban una salve. Ti Noel comprendió que se hallaba en Sans-Souci, la residencia predilecta del rey Henri Christophe, aquel que fuera antaño cocinero en la calle de los Españoles, dueño del albergue de *La Corona,* y que hoy fundía monedas con sus iniciales, sobre la orgullosa divisa de *Dios, mi causa y mi espada.*

El viejo recibió un tremendo palo en el lomo. Antes de que le fuese dado protestar, un guardia lo estaba conduciendo, a puntapiés en el trasero, hacia uno de los cuarteles. Al verse encerrado en una celda, Ti Noel comenzó a gritar que conocía personalmente a Henri Christophe, y hasta creía saber que se había casado desde entonces con María Luisa Coidavid, sobrina de una encajera liberta que iba a menudo a la hacienda de Lenormand de Mezy. Pero nadie le hizo caso. Por la tarde se le llevó, con otros presos, hasta el pie del

Gorro del Obispo, donde había grandes montones de materiales de construcción. Le entregaron un ladrillo.

—¡Súbelo!... ¡Y vuelve por otro!

—Estoy muy viejo.

Ti Noel recibió un garrotazo en el cráneo. Sin objetar más, emprendió la ascensión de la empinada montaña, metiéndose en una larga fila de niños, de muchachas embarazadas, de mujeres y de ancianos, que también llevaban un ladrillo en la mano. El viejo volvió la cabeza hacia Millot. En el atardecer, el palacio parecía más rosado que antes. Junto a un busto de Paulina Bonaparte, que había adornado antaño su casa del Cabo, las princesitas Atenais y Amatista, vestidas de raso alamarado, jugaban al volante. Un poco más lejos, el capellán de la reina —único de semblante claro en el cuadro— leía las *Vidas Paralelas* de Plutarco al príncipe heredero, bajo la mirada complacida de Henri Christophe, que paseaba, seguido de sus ministros, por los jardines de la reina. De paso, Su Majestad agarraba distraídamente una rosa blanca, recién abierta sobre los bojes que perfilaban una corona y un ave fénix al pie de las alegorías de mármol.

## III

## EL SACRIFICIO DE LOS TOROS

En la cima del Gorro del Obispo, hincada de andamios, se alzaba aquella segunda montaña —montaña sobre montaña— que era la Ciudadela La Ferrière. Una prodigiosa generación de hongos encarnados, con lisura y cerrazón de brocado, trepaba ya a los flancos de la torre mayor —después de haber vestido los espolones y estribos—, ensanchando perfiles de pólipos sobre las murallas de color de almagre. En aquella mole de ladrillos tostados, levantada más arriba de las nubes con tales proporciones que las perspectivas desafiaban los hábitos de la mirada, se ahondaban túneles, corredores, caminos secretos y chimeneas, en sombras espesas. Una luz de acuario, glauca, verdosa, teñida por los helechos que se unían ya en el vacío, descendía sobre un vaho de humedad de lo alto de las troneras y respiraderos. Las escaleras del infierno comunicaban tres baterías principales con la santabárbara, la capilla de los artilleros, las cocinas, los aljibes, las fraguas, la fundición, las mazmorras. En medio del patio de armas, varios toros eran degollados, cada día, para amasar la fortaleza invulnerable. Hacia el mar, dominando el vertiginoso panorama de la Llanura, los obreros enyesaban ya las estancias de la Casa Real, los departamentos de mujeres, los comedores, los billares. Sobre ejes de carretas empotrados en las murallas se afianzaban los puentes volantes por los cuales el ladrillo y la piedra eran llevados a las terrazas cimeras, tendidas entre abismos de dentro y de fuera que ponían el vértigo en el vientre de los edificadores. A menudo un negro desaparecía en el vacío, llevándose una batea de argamasa. Al punto llegaba otro, sin que nadie pensara más en el caído. Centenares de hombres trabajaban en las entrañas de aquella inmensa construcción, siempre espiados por el látigo y el fusil, rematando obras que sólo habían sido vistas, hasta entonces, en las arquitecturas imaginarias del Piranesi. Izados por cuerdas sobre las escarpas de la montaña llegaban los primeros cañones, que se montaban en cureñas de cedro a lo largo de salas abovedadas, eternamente en penumbras, cuyas troneras dominaban todos los pasos y desfiladeros del país. Ahí estaban el *Escipión*, el *Aníbal*, el *Amílcar*, bien lisos, de un bronce casi dorado, junto a los que habían nacido después del 89, con la divisa aún insegura de *Libertad, Igualdad.* Había un cañón español, en cuyo lomo se ostentaba la melancólica inscripción de *Fiel pero desdichado,* y varios, de boca más ancha, de lomo más adornado, marcados por el troquel del Rey Sol, que pregonaban insolentemente su *Ultima Ratio Regum.*

Cuando Ti Noel hubo dejado su ladrillo al pie de una muralla era cerca de media noche. Sin embargo, se proseguía el trabajo de edificación a la luz de fogatas y hachones. En los caminos quedaban hombres dormidos sobre grandes bloques de piedra, sobre cañones rodados, junto a mulas coronadas de tanto caerse en la subida. Agotado por el cansancio, el viejo se tumbó en un foso, debajo del puente levadizo. Al alba lo despertaron de un latigazo. Arriba bramaban los toros que iban a ser degollados en las primeras luces del día. Nuevos andamios habían crecido al paso de las nubes frías, antes de que la montaña entera se cubriera de relinchos, gritos, toques de corneta, fustazos, chirriar de cuerdas hinchadas por el rocío. Ti Noel comenzó a descender hacia Millot, en busca de otro ladrillo. En el camino pudo observar que por todos los flancos de la montaña, por todos los senderos y atajos, subían apretadas hileras de mujeres, de niños, de ancianos, llevando siempre el mismo ladrillo, para dejarlo al pie de la fortaleza que se iba edificando como conejera, como casa de termes, con aquellos granos de barro cocido que ascendían hacia ella, sin tregua, de soles a lluvias, de pascuas a pascuas. Pronto supo Ti Noel que esto duraba ya desde hacía más de doce años y que toda la población del Norte había sido movilizada por la fuerza para trabajar en aquella obra inverosímil. Todos los intentos de protesta habían sido acallados en sangre. Andando, andando, de arriba abajo y de abajo arriba, el negro comenzó a pensar que las orquestas de cámara de Sans-Souci, el fausto de los uniformes y las estatuas de blancas desnudas que se calentaban al sol sobre sus zócalos de almocárabes, entre los bojes tallados de los canteros, se debían a una esclavitud tan abominable como la que había conocido en la hacienda de Monsieur Lenormand de Mezy. Peor aún, puesto que había una infinita miseria en lo de verse apaleado por un negro, tan negro como uno, tan belfudo y pelicrespo, tan narizñato como uno; tan igual, tan mal nacido, tan marcado a hierro, posiblemente, como uno. Era como si en una misma casa los hijos pegaran a los padres. el nieto a la abuela, las nueras a la madre que cocinaba. Además, en tiempos pasados los colonos se cuidaban mucho de matar a sus esclavos —a menos de que se les fuera la mano—, porque matar a un esclavo era abrirse una gran herida en la escarcela. Mientras que aquí la muerte de un negro nada costaba al tesoro público: habiendo negras que parieran— y siempre las había y siempre las habría—, nunca faltarían trabajadores para llevar ladrillos a la cima del Gorro del Obispo.

El rey Christophe subía a menudo a la Ciudadela, escoltado por sus oficiales a caballo, para cerciorarse de los progresos de la obra. Chato, muy fuerte, de tórax un tanto abarrilado, la nariz roma y la barba algo hundida en el cuello bordado de la casaca, el monarca recorría las baterías, fraguas y talleres, haciendo sonar las espuelas en lo alto de interminables escaleras. En su bicornio napoleónico se abría el ojo de ave de una escarapela bicolor. A veces, con un simple gesto de la fusta, ordenaba la muerte de un perezoso sorprendido en plena holganza, o la ejecución de peones demasiado tardos en izar un bloque de cantería a lo largo de una cuesta abrupta. Y siempre terminaba por hacerse llevar una butaca a la terraza superior que miraba al mar, al borde del abismo que hacía cerrar los ojos a los más acostumbrados. Entonces, sin nada que pudiese hacer sombra ni pesar sobre él, más arriba de todo, erguido sobre su propia sombra, medía toda la extensión de su poder. En caso de intento de reconquista de la isla por Francia, él, Henri Christophe, *Dios, mi causa y mi espada*, podría resistir ahí, encima de las nubes, durante los años que fuesen necesarios, con toda su corte, su ejército, sus capellanes, sus músicos, sus pajes africanos, sus bufones. Quince mil hombres vivían con él, entre aquellas paredes ciclópeas, sin carecer de nada. Alzado el puente levadizo de la Puerta Unica, la Ciudadela La Ferrière sería el país mismo, con su independencia, su monarca, su hacienda y su pompa mayor. Porque abajo, olvidando los padecimientos que hubiera costado su construcción, los negros de la Llanura alzarían los ojos hacia la fortaleza, llena de maíz, de pólvora, de hierro, de oro, pensando que allá, más arriba de las aves, allá donde la vida de abajo sonaría remotamente a campanas y a cantos de gallos, un rey de su misma raza esperaba, cerca del cielo que es el mismo en todas partes, a que tronaran los cascos de bronce de los diez mil caballos de Ogún. Por algo aquellas torres habían crecido sobre un vasto bramido de toros degollados, desangrados, de testículos al sol, por edificadores conscientes del significado profundo del sacrificio, aunque dijeran a los ignorantes que se trataba de un simple adelanto en la técnica de la albañilería militar.

## IV

## EL EMPAREDADO

Cuando los trabajos de la Ciudadela estuvieron próximos a llegar a su término y los hombres de oficios se hicieron más necesarios a la obra que los cargadores de ladrillos, la disciplina se relajó un poco, y aunque todavía subían morteros y culebrinas hacia los altos riscos de la montaña, muchas mujeres pudieron volver a sus ollas engrisadas por las telarañas. Entre los que dejaron marchar por ser menos útiles se escurrió Ti Noel, una mañana, sin volver la cabeza hacia la fortaleza ya limpia de andamios por el flanco de la Batería de las Princesas Reales. Los troncos que ahora rodaban, cuesta arriba, a fuerza de palancas, servirían para carpintear los pisos de los departamentos. Pero nada de esto interesaba ya a Ti Noel, que sólo ansiaba instalarse sobre las antiguas tierras de Lenormand de Mezy, a las que regresaba ahora como regresa la anguila al limo que la vio nacer. Vuelto al solar, sintiéndose algo propietario de aquel suelo cuyos accidentes sólo tenían un significado para él, comenzó a machetear aquí y allá, poniendo algunas ruinas en claro. Dos aromos, al caer, sacaron a la luz un trozo de pared. Bajo las hojas de un calabazo silvestre reaparecieron las baldosas azules del comedor de la hacienda. Cubriendo con pencas de palma la chimenea de la antigua cocina —rota a medio derrame—, el negro tuvo una alcoba en la que había que penetrar de manos, y que llenó de espigas de barba de indio para descansar de los golpes recibidos en los senderos del Gorro del Obispo.

Así pasó los vientos del invierno y las lluvias que siguieron, y vio llegar el verano con el vientre hinchado de haber comido demasiadas frutas verdes, demasiados mangos aguados, sin atreverse a salir mucho a los caminos, por miedo a la gente de Christophe que andaba buscando hombres, a lo mejor, para construir algún nuevo palacio, tal vez ése, de que hablaban algunos, alzado en las riberas del Artibonite, y que tenía tantas ventanas como días suma el año. Pero como transcurrieron otros meses sin mayor novedad, Ti Noel, harto de miseria, emprendió un viaje a la Ciudad del Cabo, andando sin apartarse del mar, junto a la borrada vereda que tantas veces siguiera antaño, detrás del amo, cuando regresaba a la hacienda montado en caballo de dientes sin cerrar, de esos que trotan con ruido de cordobán doblado y llevan en el cuello todavía las graciosas arrugas del potro. La ciudad es buena. En la ciudad, una rama ganchuda encuentra siempre cosas que meter en un saco que se lleva al hombro. En una ciudad siempre hay prostitutas de corazón generoso que dan limosnas a los ancianos; hay mercados con alguna música, animales amaestrados, muñecos que hablan y cocineras que se divierten con quien, en vez de hablar de hambre, señala el aguardiente. Ti Noel sentía que un gran frío se le iba metiendo en la médula de los huesos. Y añoraba grandemente aquellos frascos de otros tiempos —los del sótano de la hacienda—, cuadrados, de cristal grueso, llenos de cáscaras, de hierbas, de moras y berros macerados en alcohol, que despedían tintas quietas de muy suave olor.

Pero Ti Noel halló a la ciudad entera en espera de una muerte. Era como si todas las ventanas y puertas de las casas, todas las celosías, todos los ojos de buey, se hubiesen vuelto hacia la sola esquina del Arzobispado, en una expectación de tal intensidad que deformaba las fachadas en muecas humanas. Los techos estiraban el alero, las esquinas adelantaban el filo y la humedad no dibujaba sino oídos en las paredes. En la esquina del Arzobispado un rectángulo de cemento acababa de secarse, haciéndose mampostería con la muralla, pero dejando una gatera abierta. De aquel agujero, negro como boca desdentada, brotaban de súbito unos alaridos tan terribles que estremecían toda la población, haciendo sollozar los niños en las casas. Cuando esto ocurría las mujeres embarazadas se llevaban las manos al vientre y algunos transeúntes echaban a correr sin acabar de persignarse. Y seguían los aullidos, los gritos sin sentido, en la esquina del Arzobispado, hasta que la garganta, rota en sangre, se terminara de desgarrar en anatemas, amenazas oscuras, profecías e imprecaciones. Luego era un llanto; un llanto sacado del fondo del pecho, con lloriqueos de rorro metidos en voz de anciano, que resultaba más intolerable aún que lo de antes. Al fin, las lágrimas se deshacían en un estertor en tres tiempos, que iba muriendo con larga cadencia asmática, hasta hacerse mero respiro. Y esto se repetía día y noche, en la esquina del Arzobispado. Nadie dormía en el Cabo. Nadie se atrevía a pasar por las calles aledañas. Dentro de las viviendas se rezaba en voz baja, en las habitaciones más retiradas. Y es que nadie hubiera tenido la audacia, siquiera, de comentar lo que estaba ocurriendo. Porque aquel capuchino que estaba emparedado en el edificio del Arzobispado, sepultado en vida dentro de su oratorio, era Cornejo Breille, duque del Anse, confesor de Henri Christophe. Había sido condenado a morir ahí, al pie de una pared recién repellada, por el delito de quererse marchar a Francia conociendo todos los secretos del rey, todos los secretos de la Ciudadela, sobre cuyas torres encarnadas había caído el rayo varias veces ya. La reina María Luisa podía implorar en vano, abrazándose a las botas de su esposo. Henri Christophe, que acababa de insultar a San Pedro por haber mandado una nueva tempestad sobre su fortaleza, no iba a asustarse por las ineficientes excomuniones de un capuchino francés. Además, por si podía quedar alguna duda, Sans-Souci tenía un nuevo favorito: un capellán español de larga teja, tan dado a ir, correr y decir, como aficionado a salmodiar la misa con hermosa voz de bajo, al que todos llamaban el padre Juan de Dios. Cansado del garbanzo y la cecina de los toscos españoles de la otra vertiente, el fraile astuto se encontraba muy bien en la corte haitiana, cuyas damas lo colmaban de frutas abrillantadas y vinos de Portugal. Se rumoreaba que ciertas frases suyas, dichas como despreocupadamente, en presencia de Christophe, un día en que enseñaba sus lebreles a saltar por el rey de Francia, eran la causa de la terrible desgracia de Cornejo Breille.

Al cabo de una semana de encierro, la voz del capuchino emparedado se había hecho casi imperceptible, muriendo en un estertor más adivinador que oído. Y luego, había sido el silencio, en la esquina del Arzobispado. El silencio demasiado prolongado de una ciudad que ha dejado de creer en el silencio y que sólo un

recién nacido se atrevió a romper con un vagido igno-
rante, reencaminando la vida hacia su sonoridad habi-
tual de pregones, abures, comadreos y canciones de
tender la ropa al sol. Entonces fue cuando Ti Noel pudo
echar algunas cosas dentro de su saco, consiguiendo de
un marino borracho las monedas suficientes para be-
berse cinco vasos de aguardiente, uno encima del otro.
Tambaleándose a la luz de la luna, tomó el camino del
regreso, recordando vagamente una canción de otros
tiempos, que solía cantar siempre que volvía de la ciudad. Una canción en la que se decían groserías a un
rey. Eso era lo importante: *a un rey.* Así, insultando
a Henri Christophe, cansándose de imaginarias exone-
raciones en su corona y su prosapia, encontró tan corto
el andar que, cuando se echó sobre su jergón de barba
de indio, llegó a preguntarse si había ido realmente a
la Ciudad del Cabo.

## V

## CRÓNICA DEL 15 DE AGOSTO

—*Quasi palma exaltata sum in Cades, et quasi plantatio rosae in Jericho. Quasi oliva speciosa in campis, et quasi platanus exaltata sum juxta aquam in plateis. Sicut cinamomum et balsamum aromatizans odorem dedi: quasi myrrah electa dedi suavitatem odoris.*

Sin entender los latines dichos por Juan de Dios Gónzalez con inflexiones abaritonadas del más seguro efecto, la reina María Luisa hallaba aquella mañana una misteriosa armonía entre el olor del incienso, la fragancia de los naranjos de un patio cercano y ciertas palabras de la Lección litúrgica que aludían a perfumes conocidos cuyos nombres se estampaban sobre los potes de porcelana del apotecario de Sans-Souci. Henri Christophe, en cambio, no lograba seguir la misa con la atención recomendable, pues sentía su pecho oprimido por un inexplicable desasosiego. Contra el parecer de todos, había querido que la misa de Asunción se cantara en la iglesia de Limonade, cuyos mármoles grises, delicadamente veteados, daban una deleitosa impresión de frescor, haciendo que se sudara un poco menos bajo las casacas abrochadas y el peso de las condecoraciones. Sin embargo, el rey se sentía rodeado de fuerzas hostiles. El pueblo que lo había aclamado a su llegada estaba lleno de malas intenciones, al recordar demasiado, sobre una tierra fértil, las cosechas perdidas por estar los hombres ocupados en la construcción de la Ciudadela. En alguna casa retirada —lo sospechaba— habría una imagen suya hincada con alfileres o colgada de mala manera con un cuchillo encajado en el corazón. Muy lejos se alzaba, a ratos, un pálpito de tambores que no tocaban, probablemente, en rogativas por su larga vida. Pero ya se daba comienzo al Ofertorio.

—*Assumpta est Maria in caelum; gaudent Angeli, collaudantes benedicunt Dominum, alleluia!*

De pronto, Juan de Dios González comenzó a retroceder hacia las butacas reales, resbalando torpemente sobre los tres peldaños de mármol. La reina dejó caer el rosario. El rey llevó la mano a la empuñadura de la espada. Frente al altar, de cara a los fieles, otro sacerdote se había erguido, como nacido del aire, con pedazos de hombros y de brazos aún mal corporizados. Mientras el semblante iba adquiriendo firmeza y expresión, de su boca sin labios, sin dientes, negra como agujero de gatera, surgía una voz tremebunda, que llenaba la nave con vibraciones de órgano a todo registro, haciendo temblar los vitrales en sus plomos.

—*Absolve Dómine, animas omnium fidelium defunctorum ab omni vinculo delictorum...*

El nombre de Cornejo Breille se atravesó en la garganta de Christophe, dejándole sin habla. Porque era el arzobispo emparedado, de cuya muerte y podredumbre sabían todos, quien estaba ahí, en medio del altar mayor, ornado por sus pompas eclesiásticas, clamando el *Dies Irae*. Cuando, en el trueno de un redoble de timbal, sonaron las palabras *Coget omnes ante thrcnum,* Juan de Dios González se desplomó gimiendo, a los pies de la reina. Henri Christopher, desorbitado, soportó hasta el *Rex tremendae majestatis.* En ese momento, un rayo que sólo ensordeció sus oídos cayó sobre la torre de la iglesia, rajando a un tiempo todas las campanas. Los chantres, los incensarios, el facistol, el púlpito, habían quedado abajo. El rey yacía sobre el piso, paralizado, con los ojos fijos en las vigas del techo. Pero ahora, de un gran salto, el espectro había ido a sentarse sobre una de esas vigas, precisamente donde lo viera Christophe, aspándose de mangas y piernas, como para lucir más ancho y grasiento el brocado. En sus oídos crecía un ritmo que tanto podía ser el de sus propias venas como el de los tambores golpeados en la montaña. Sacado de la iglesia en brazos de sus oficiales, el rey masculló vagas maldiciones, amenazando de muerte a todos los vecinos de Limonade si cantaban los gallos. Mientras recibía los primeros cuidados de María Luisa y de las princesas, los campesinos, aterrorizados por el delirio del monarca, comenzaron a bajar gallinas y gallos, metidos en canastas, a la noche de los pozos profundos, para que se olvidaran de cloqueos y fanfarronadas. Los burros eran espantados al monte bajo una lluvia de palos. Los caballos eran amordazados, para evitar malas interpretaciones de relinchos.

Y aquella tarde, la pesada carroza real entró en la explanada de honor de Sans-Souci al galope de sus seis caballos. Con la camisa abierta, el rey fue subido a sus habitaciones. Cayó en la cama como un saco de cadenas. Más córnea que iris, sus ojos expresaban un furor sacado de lo hondo, por no poder mover los brazos ni las piernas. Los médicos comenzaron a frotar su cuerpo inerte con una mezcla de aguardiente, pólvora y pimienta roja. En todo el palacio, las medicinas, tisanas, sales y ungüentos sahumaban la tibieza de los salones demasiado llenos de funcionarios y cortesanos. Las princesas Atenais y Amatista lloraron en el escote de la institutriz norteamericana. La reina, poco preocupada por la etiqueta en aquellos momentos, se había agachado en un rincón de la antecámara para vigilar el hervor de un cocimiento de raíces, puesto a calentar sobre una hornilla de carbón de leña, cuyo reflejo de llama verdadera daba un raro realismo al colorido de un Gobelino que adornaba la pared, mostrando a Venus en la fragua de Vulcano. Su Majestad pidió un abanico para avivar el fuego demasiado lento. Se respiraba una mala atmósfera en aquel crepúsculo de sombras harto impacientes por abrazarse a las cosas. No acababa de saberse si realmente sonaban tambores en la montaña. Pero, a veces, un ritmo caído de altas lejanías se mezclaba extrañamente con el Avemaría que las mujeres rezaban en el Salón de Honor, hallando inconfesadas resonancias en más de un pecho.

# VI

## ULTIMA RATIO REGUM

El domingo siguiente, a la puesta del sol, Henri Christophe tuvo la impresión de que sus rodillas, sus brazos, aún entumecidos, responderían a un gran esfuerzo de voluntad. Dando pesadas vueltas para salir de la cama, dejó caer sus pies al suelo, quedando, como quebrado de cintura, de media espalda sobre el lecho. Su lacayo Solimán lo ayudó a enderezarse. Entonces el rey pudo andar hasta la ventana con pasos medidos, como un gran autómata. Llamadas por el servidor, la reina y las princesas entraron quedamente en la habitación, colocándose en un rincón oscuro debajo de un retrato ecuestre de Su Majestad. Ellas sabían que en Haut-le-Cap se estaba bebiendo demasiado. En las esquinas había grandes calderos llenos de sopas y carnes abucanadas, ofrecidas por cocineras sudorosas que tamborileaban sobre las mesas con espumaderas y cucharones. En un callejón de gritos y risas bailaban los pañuelos de una calenda.

El rey aspiraba el aire de la tarde con creciente alivio del peso que había agobiado su pecho. La noche salía ya de las faldas de las montañas, difuminando el contorno de árboles y laberintos. De pronto, Christophe observó que los músicos de la capilla real atravesaban el patio de honor, cargando con sus instrumentos. Cada cual se acompañaba de su deformación profesional. El arpista estaba encorvado, como giboso, por el peso del arpa; aquel otro, tan flaco, estaba como grávido de una tambora colgada de los hombros; otro se abrazaba a un helicón. Y cerraba la marcha un enano, casi oculto por el pabellón de un chinesco, que a cada paso tintineaba por todas las campanillas. El rey iba a extrañarse de que, a semejante hora, sus músicos salieran así, hacia el monte, como para dar un concierto al pie de alguna ceiba solitaria, cuando redoblaron a un tiempo ocho cajas militares. Era la hora del relevo de la guardia. Su Majestad se dio a observar cuidadosamente a sus granaderos, para cerciorarse de que, durante su enfermedad, observaban la rígida disciplina a que los tenía habituados. Pero, de súbito, la mano del monarca se alzó en gesto de colérica sorpresa. Las cajas, destimbradas, habían dejado el toque reglamentario, desacompasándose en tres percusiones distintas, producidas, no ya por los palillos, sino por los dedos sobre los parches.

—¡Están tocando el manducumán! —gritó Christophe, arrojando el bicornio al suelo.

En ese instante la guardia rompió filas, atravesando en desorden la explanada de honor. Los oficiales corrieron con el sable en claro. De las ventanas de los cuarteles empezaron a descolgarse racimos de hombres, con las casacas abiertas y el pantalón por encima de las botas. Se dispararon tiros al aire. Un abanderado laceró el estandarte de coronas y delfines del regimiento del Príncipe Real. En medio de la confusión, un pelotón de Caballos Ligeros se alejó del palacio a galope tendido, seguido por las mulas de un furgón lleno de monturas y arneses. Era una desbandada general de uniformes, siempre arreados por las cajas militares golpeadas con los puños. Un soldado palúdico, sorprendido por el motín, salió de la enfermería envuelto en una sábana, ajustándose el barbuquejo de un chacó. Al pasar debajo de la ventana de Christophe hizo un gesto obsceno y escapó a todo correr. Luego, fue la calma del atardecer, con la remota queja de un pavo real. El rey volvió la cabeza. En la noche de la habitación, la reina María Luisa y las princesas Atenais y Amatista lloraban. Ya se sabía por qué la gente había bebido tanto aquel día en Haut-le-Cap.

Christophe echó a andar por su palacio, ayudándose con barandas, cortinas y espaldares de sillas. La ausencia de cortesanos, de lacayos, de guardias, daba una terrible vaciedad a los corredores y estancias. Las paredes parecían más altas; las baldosas, más anchas. El Salón de los Espejos no reflejó más figura que la del rey, hasta el trasmundo de sus cristales más lejanos. Y luego, esos zumbidos, esos roces, esos grillos del artesonado, que nunca se habían escuchado antes, y que ahora, con sus intermitencias y pausas, daban al silencio toda una escala de profundidad. Las velas se derretían lentamente en sus candelabros. Una mariposa nocturna giraba en la sala del consejo. Luego de arrojarse sobre un marco dorado, un insecto caía al suelo, aquí, allá, con el inconfundible golpe de élitros de ciertos escarabajos voladores. El gran salón de recepciones, con sus ventanas abiertas en las dos fachadas, hizo escuchar a Christophe el sonido de sus propios tacones, acreciendo su impresión de absoluta soledad. Por una puerta de servicio bajó a las cocinas, donde el fuego moría bajo los asadores sin carnes. En el suelo, junto a la mesa de trinchar, había varias botellas de vino vacías. Se habían llevado las ristras de ajos colgadas del dintel de la chimenea, las sartas de setas dion-dion, los jamones puestos a ahumar. El palacio estaba desierto, entregado a la noche sin luna. Era de quien quisiera tomarlo, pues se habían llevado hasta los perros de caza. Henri Christophe volvió a su piso. La escalera blanca resultaba siniestramente fría y lúgubre a la luz de las arañas prendidas. Un murciélago se coló por el tragaluz de la rotonda, dando vueltas desordenadas bajo el oro viejo del cielo raso. El rey se apoyó en la balaustrada, buscando la solidez del mármol.

Allá abajo, sentados en el último peldaño de la escalera de honor, cinco negros jóvenes habían vuelto hacia él sus rostros ansiosos. En aquel instante, Christophe sintió que los amaba. Eran los Bombones Reales; eran Délivrance, Valentín, La Couronne, John Bien Aimé, los africanos que el rey había comprado a un mercader de esclavos para darles la libertad y hacerles enseñar el lindo oficio de pajes. Christophe se había mantenido siempre al margen de la mística africanista de los primeros caudillos de la independencia haitiana, tratando en todo de dar a su corte un empaque europeo. Pero ahora, cuando se hallaba solo, cuando sus duques, barones, generales y ministros lo habían traicionado, los únicos que permanecían leales eran aquellos cinco africanos, aquellos cinco mozos de nación, congos, fulas o mandingas que aguardaban sentados como canes fieles, con las nalgas puestas en el mármol frío de la escalera, una *Ultima Ratio Regum,* que ya no podía imponerse por boca de cañones. Christophe contempló largamente a sus pajes; les hizo un gesto de cariño, al que respon-

112

dieron con una entristecida reverencia, y pasó a la sala del trono.

Se detuvo frente al dosel que ostentaba sus armas. Dos leones coronados sostenían un blasón, al emblema del Fénix Coronado, con la divisa: *Renazco de mis cenizas*. Sobre una banderola se redondeaba en pliegues de drapeado el *Dios, mi causa y mi espada*. Christophe abrió un cofre pesado, oculto por las borlas del terciopelo. Sacó un puñado de monedas de plata, marcadas con sus iniciales. Luego, arrojó al suelo, una tras otra, varias coronas de oro macizo, de distinto espesor. Una de ellas alcanzó la puerta, rodando, escaleras abajo, con un estrépito que llenó todo el palacio. El rey se sentó en el trono, viendo cómo acababan de derretirse las velas amarillas de un candelabro. Maquinalmente recitó el texto que encabezaba las actas públicas de su gobierno: «Henri, por la gracia de Dios y la Ley Constitucional del Estado, Rey de Haití, Soberano de las Islas de la Tortuga, Gonave y otras adyacentes, Destructor de la Tiranía, Regenerador y Bienchechor de la Nación Haitiana, Creador de sus Instituciones Morales, Políticas y Guerreras, Primer Monarca Coronado del Nuevo Mundo, Defensor de la Fe, Fundador de la Orden Real y Militar de Saint-Henri, a todos, presentes y por venir, saludo...» Christophe, de súbito, se acordó de la Ciudadela La Ferrière, de su fortaleza construida allá arriba, sobre las nubes.

Pero, en ese momento, la noche se llenó de tambores. Llamándose unos a otros, respondiéndose de montaña a montaña, subiendo de las playas, saliendo de las cavernas, corriendo debajo de los árboles, descendiendo por las quebradas y cauces, tronaban los tambores radás, los tambores congós, los tambores de Bouckman, los tambores de los Grandes Pactos, los tambores todos del Vodú. Era una vasta percusión en redondo, que avanzaba sobre Sans-Souci, apretando el cerco. Un horizonte de truenos que se estrechaba. Una tormenta, cuyo vórtice era, en aquel instante, el trono sin heraldos ni maceros. El rey volvió a su habitación y a su ventana. Ya había comenzado el incendio de sus granjas, de sus alquerías, de sus cañaverales. Ahora, delante de los tambores corría el fuego, saltando de casa a casa, de sembrado a sembrado. Una llamarada se había abierto en el almacén de granos, arrojando tablas rojinegras a la nave del forraje. El viento del norte levantaba la encendida paja de los maizales, trayéndola cada vez más cerca. Sobre las terrazas del palacio caían cenizas ardientes.

Henri Christophe volvió a pensar en la Ciudadela. *Ultima Ratio Regum*. Mas aquella fortaleza, única en el mundo, era demasiado vasta para un hombre solo, y el monarca no había pensado nunca que un día pudiese verse solo. La sangre de toros que habían bebido aquellas paredes tan espesas era de recurso infalible contra las armas de blancos. Pero esa sangre jamás había sido dirigida contra los negros, que al gritar, muy cerca ya, delante de los incendios en marcha, invocaban Poderes a los que se hacían sacrificios de sangre. Christophe, el reformador, había querido ignorar el vodú, formando, a fustazos, una casta de señores católicos. Ahora comprendía que los verdaderos traidores a su causa, aquella noche, eran San Pedro con su llave, los capuchinos de San Francisco y el negro San Benito, con la Virgen de semblante oscuro y manto azul, y los Evangelistas, cuyos libros había hecho besar en cada juramento de fidelidad; los mártires todos, a los

114

que mandaba encender cirios que contenían trece monedas de oro. Después de lanzar una mirada de ira a la cúpula blanca de la capilla, llena de imágenes que le volvían las espaldas, de signos que se habían pasado al enemigo, el rey pidió ropa limpia y perfumes. Hizo salir a las princesas y vistió su más rico traje de ceremonias. Se terció la ancha cinta bicolor, emblema de su investidura, anudándola sobre la empuñadura de la espada. Los tambores estaban tan cerca ya que parecían percutir ahí, detrás de las rejas de la explanada de honor, al pie de la gran escalinata de piedra. En ese momento se incendiaron los espejos del palacio, las copas, los marcos de cristal, el cristal de las copas, el cristal de las lámparas, los vasos, los vidrios, los nácares de las consolas. Las llamas estaban en todas partes, sin que se supiera cuáles eran reflejo de las otras. Todos los espejos de Sans-Souci ardían a un tiempo. El edificio entero había desaparecido en ese fuego frío, que se ahondaba en la noche, haciendo de cada pared una cisterna de hogueras encrespadas.

Casi no se oyó el disparo, porque los tambores estaban ya demasiado cerca. La mano de Christophe soltó el arma, yendo a la sien abierta. Así, el cuerpo se levantó todavía, quedando como suspendido en el intento de un paso, antes de desplomarse, de cara adelante, con todas sus condecoraciones. Los pajes aparecieron en el umbral de la sala. El rey moría, de bruces en su propia sangre.

## VII

## LA PUERTA ÚNICA

Los pajes africanos salieron a todo correr por una puerta trasera que daba a la montaña, llevando en hombros, a la manera primitiva, una rama alisada a machete, de la que pendía una hamaca cuyo estambre roto dejaba pasar las espuelas del monarca. Detrás de ellos, volviendo la cabeza, tropezando, en la oscuridad, con las raíces de los flamboyanes, venían las princesas Atenais y Amatista, calzadas, para menos estorbo, con sandalias de sus camareras, y la reina, que había arrojado sus zapatos con el primer tacón torcido por las piedras del camino. Solimán, el lacayo del rey, que antaño fuera el masajista de Paulina Bonaparte, cerraba la retirada, con un fusil en bandolera y un machete de calabozo en la mano. A medida que se adentraban en la noche arbolada de las cumbres, el incendio de abajo se veía más apretado, más compacto de llamas, aunque ya comenzara a detenerse en el linde de las explanadas del palacio. Por un costado de Millot, sin embargo, el fuego había prendido en las pacas de alfalfa de las caballerizas. De muy lejos se oían relinchos que más parecían alaridos de grandes niños torturados, en tanto que un tablaje entero solía desplomarse en un remolino de astillas incandescentes, dejando

117

paso a un caballo enloquecido, con las crines chamuscadas y la cola en el hueso. De pronto, muchas luces comenzaron a correr dentro del edificio. Era un baile de teas que iba de la cocina a los desvanes, colándose por las ventanas abiertas, escalando las balaustradas superiores, corriendo por las goteras, como si una increíble cocuyera se hubiese apoderado de los pisos altos. El saqueo había comenzado. Los pajes alargaron el paso, sabiendo que aquello detendría, por un buen tiempo, a los amotinados. Solimán aseguró el cerrojo del fusil, echándose al sobaco el talón de la culata.

Cercana el alba, los fugitivos llegaron a las inmediaciones de la Ciudadela La Ferrière. La marcha se hacía más trabajosa por lo empinado de las cuestas, y la cantidad de cañones que yacían en el sendero, sin haber llegado a sus cureñas, y que ahora permanecerían ahí para siempre, hasta deshacerse en escama de herrumbre. El mar clareaba hacia la isla de la Tortuga cuando las cadenas del puente levadizo corrieron con ruido siniestro sobre la piedra. Lentamente se abrieron los batientes claveteados de la Puerta Única. Y el cadáver de Henri Christophe entró en su Escorial, con las botas adelante, siempre envuelto en su hamaca llevada por los pajes negros. Cada vez más pesado, comenzó a ascender por las escaleras interiores, llovido por las gotas frías que caían de las falsas bóvedas. Las dianas rompieron el amanecer, respondiéndose de todos los extremos de la fortaleza. Totalmente vestida de hongos encarnados, llena de noche todavía, la ciudadela emergía —sangrienta arriba, herrumbrosa abajo— de las nubes grises que tanto habían hinchado los incendios de la Llanura.

Ahora, en medio del patio de armas, los fugitivos

118

narraban su gran desgracia al gobernador de la fortaleza. Pronto las noticias bajaron por los respiraderos, túneles y corredores, a las cámaras y dependencias. Los soldados empezaron a aparecer, en todas partes, empujados hacia adelante por nuevos uniformes que salían de las escaleras, desertaban las baterías, bajaban de las atalayas desatendiendo las postas. Se oyó una grita jubilosa en el patio de la torre mayor: liberados por sus guardianes, los presos salían de los calabozos, subiendo con desafiante alegría hacia donde se encontraban las personas reales. Cada vez más apretados por esa multitud, los pajes de tocas deslucidas, la reina descalza, las princesas tímidamente defendidas de manos insolentes por Solimán, fueron retrocediendo hacia un montón de mortero fresco, destinado a obras inconclusas, en el que se hundían varias palas acabadas de dejar por los albañiles. Viendo que la situación se hacía difícil, el gobernador dio orden de despejar el patio. Su voz levantó una vasta carcajada. Un preso, tan harapiento que llevaba el sexo de fuera del calzón, alargó un dedo hacia el cuello de la reina:

—En un país de blancos, cuando muere un jefe se corta la cabeza a su mujer.

Al comprender que el ejemplo dado casi treinta años atrás por los idealistas de la Revolución Francesa era muy recordado ahora por sus hombres, el gobernador pensó que todo estaba perdido. Pero, en ese preciso instante, el rumor de que la compañía del cuerpo de guardia se había largado, laderas abajo, cambió súbitamente el cariz de los acontecimientos. Corriendo, los hombres se atropellaron, por escaleras y túneles, para llegar antes a la Gran Puerta de la Ciudadela. A brincos, a resbalones, cayendo, rodando, se arrojaron por los senderos del monte, buscando atajos para llegar cuanto antes a Sans-Souci. El ejército de Henri Christophe acababa de deshacerse en alud. Por vez primera el inmenso edificio se vio desierto, cobrando, con el vasto silencio de sus salas, una fúnebre solemnidad de sepultura real.

El gobernador entreabrió la hamaca para contemplar el semblante de Su Majestad. De una cuchillada cercenó uno de sus dedos meñiques, entregándolo a la reina, que lo guardó en el escote, sintiendo cómo descendía hacia su vientre, con fría retorcedura de gusano. Después, obedeciendo una orden, los pajes colocaron el cadáver sobre el montón de argamasa, en el que empezó a hundirse lentamente, de espaldas, como halado por manos viscosas. El cadáver se había arqueado un poco en la subida, al haber sido recogido, tibio aún, por los servidores. Por ello desaparecieron primero su vientre y sus muslos. Los brazos y las botas siguieron flotando, como indecisos, en la grisura movediza de la mezcla. Luego, sólo quedó el rostro, soportado por el dosel del bicornio atravesado de oreja a oreja. Temiendo que el mortero se endureciera sin haber sorbido totalmente la cabeza, el gobernador apoyó su mano en la frente del rey para hundirla más pronto, con gesto de quien toma la temperatura a un enfermo. Por fin se cerró la argamasa sobre los ojos de Henri Christophe, que proseguía, ahora, su lento viaje en descenso, en la entraña misma de una humedad que se iba haciendo menos envolvente.

Al fin el cadáver se detuvo, hecho uno con la piedra que lo apresaba. Después de haber escogido su propia muerte, Henri Christophe ignoraría la podredumbre de su carne, carne confundida con la materia misma de la fortaleza, inscrita dentro de su arquitectura, integrada en su cuerpo haldado de contrafuerte. La Montaña del Gorro del Obispo, toda entera, se había transformado en el mausoleo del primer rey de Haití.

*Miedo a estas visiones*
*tuve, pero luego*
*que he mirado a estotras,*
*mucho más les tengo.*

CALDERÓN

# I

## LA NOCHE DE LAS ESTATUAS

Pulsando, con retinte de ajorcas y dijes, el teclado de un pianoforte recién comprado, Mademoiselle Atenais acompañaba a su hermana Amatista, cuya voz, un tanto ácida, enriquecía de lánguidos portamentos un aria del *Tancredo* de Rossini. Vestida de bata blanca, ceñida la frente por un pañuelo anudado a la usanza haitiana, la reina María Luisa bordaba un tapete destinado al convento de los capuchinos de Pisa, enojándose con un gato que hacía rodar las pelotas de hilo. Desde los trágicos días de la ejecución del Delfín Víctor, desde la salida de Port-au-Prince, propiciada por comerciantes ingleses, antiguos proveedores de la familia real, las princesas conocían, por vez primera en Europa, un verano que les supiera a verano. Roma vivía de puertas abiertas bajo un sol que rebrillaba por todos los mármoles, levantando el hedor de los monjes y el pregón de los horchateros. Las mil campanas de la urbe repicaban con pereza inhabitual bajo un cielo sin nubes que recordaba los cielos de la Llanura de enero. Al fin, sudorosas, felices, devueltas al calor, Atenais y Amatista, descalzas sobre el enlosado, desabrochadas las faldas, se pasaban los días echando dados sobre el cartón de un juego de la oca, preparando limonadas y revolviendo el estante de romanzas de moda, cuyas portadas, de un estilo nuevo, se adornaban de grabados en cobre, que mostraban cementerios a media noche, lagos de Escocia, sílfides rodeando a un joven cazador, doncellas que depositaban una carta de amor en el hueco de una vieja encina.

También Solimán se sentía feliz en aquella Roma estival. Su aparición en las callejas populares —húmedas de ropas tendidas, sucias de repollos, piltrafas y borra de café— había promovido un verdadero alboroto. Del golpe los *lazzaroni* más ciegos habían abierto los ojos para contemplar mejor al negro, dejando en suspenso la mandolina y el organillo. Otros mendigos habían agitado furiosamente los muñones, mostrando todo el patrimonio de llagas y miserias, por si se trataba de algún embajador de ultramar. Ahora los niños lo seguían a todas partes, llamándolo Rey Baltasar y armando murgas de mirlitones y arpa judía. Le daban copas de vino en las tabernas. A su paso los artesanos salían de sus tiendas, ofreciéndole un tomate o un puñado de nueces. Hacía mucho tiempo que un hombre no destacaba su perfil, en negro verdadero, sobre una fachada de Flaminio Ponzio o un pórtico de Antonio Labacco. Por ello se le pedía que contara su historia, que Solimán había floreado con los mayores embustes, haciéndose pasar por un sobrino de Henri Christophe, milagrosamente escapado de la matanza del Cabo, la noche en que el pelotón ejecutor hubo de ultimar a uno de los hijos naturales del monarca a la bayoneta, porque varias descargas no acababan de derribarlo. Los papanatas que lo escuchaban no tenían una idea muy precisa del lugar en que habían ocurrido esos hechos. Algunos pensaban en Madagascar, en Persia o en el país de los bereberes. Cuando estaba sudoroso, siempre había quien quisiera pasarle un pañuelo por las mejillas, para ver si desteñía. Una tarde lo llevaron, por broma, a uno de los teatros estrechos y malolientes en que se cantaban óperas bufas. Al terminarse el concertante final de una historia de italianos en Argel, lo empujaron al escenario. Su entrada imprevista levantó tal alborozo en la platea, que el empresario de la compañía lo invitó a repetir la ocurrencia, cada vez que se le antojara. Ahora, para mayor fortuna, se había liado de amores con una de las fámulas que servían en el Palacio Borghese, piamontesa bien plantada, que no gustaba de hombres de alfeñique. En los días de mucho calor, Solimán solía dormir largas siestas entre las yerbas del Foro, donde siempre triscaban rebaños de ovejas. Las ruinas proyectaban sombras gratas sobre el abundante pasto y, cuando se escarbaba la tierra, no era raro encontrar una oreja de mármol, un adorno de piedra o una moneda mohosa. Aquel lugar era elegido, a veces, por una prostituta callejera para ejercer su oficio con algún seminarista. Pero era visitado, sobre todo, por gentes estudiosas —clérigos de paraguas verdes, ingleses de manos finas—, que solían extasiarse ante una columna rota, tomando apuntes de inscripciones cojas. Al atardecer, el negro se metía por la escalera de servicio del Palacio Borghese y se daba a descorchar botellas de tintazo en compañía de la piamontesa. El mayor desorden reinaba, por lo demás, en la mansión de amos ausentes. Los faroles de las entradas estaban maculados por las moscas, las libreas todas sucias, los cocheros siempre borrachos, la carroza desbarnizada, y se sabía que eran tantas las telarañas atravesadas en la biblioteca, que nadie se atrevía a entrar en ella, desde hacía años, para no sentir carreras abominables en la nuca o en la misma mitad del corpiño. De no haber vivido en una de las habitaciones superiores un joven abate, sobrino del príncipe, la servidumbre se hubiera instalado en las estancias del primer piso, durmiendo en las antiguas camas de los Cardenales.

Una noche en que Solimán y la piamontesa habían quedado solos en la cocina por lo tardío de la hora, el negro, muy ebrio, quiso aventurarse más allá de las estancias destinadas al servicio. Luego de seguir un largo corredor, desembocaron a un patio inmenso de mármoles azulados por la luna. Dos columnatas superpuestas encuadraban ese patio, proyectando, a media pared, el perfil de los capiteles. Alzando y bajando el farol de andar por las calles, la piamontesa descubrió a Solimán el mundo de estatuas que poblaba una de las galerías laterales. Todas eran de mujeres desnudas, aunque casi siempre provistas de velos justamente llevados, por una brisa imaginaria, a donde los reclamara la decencia. Había muchos animales, además, puesto que algunas de esas señoras anidaban un cisne entre los brazos, se abrazaban al cuello de un toro, saltaban entre lebreles o huían de hombres bicornes, con las patas de chivo, que algún parentesco debían de tener con el diablo. Era todo un mundo blanco, frío, inmóvil, pero cuyas sombras se animaban y crecían, a la luz del farol, como si todas aquellas criaturas de ojos en sombras, que miraban sin mirar, giraran en torno a los visitantes de media noche. Con el don que tienen los borrachos de ver cosas terribles con el rabillo del ojo, Solimán creyó advertir que una de las estatuas había bajado un poco el brazo. Algo inquieto, arrastró a la piamontesa hacia una escalera que conducía a los altos.

Ahora eran pinturas las que parecían salir de la pared y animarse. De pronto, era un joven sonriente que alzaba una cortina; era un adolescente de pámpanos, que se llevaba a los labios un caramillo silencioso, o sellaba su propia boca con el índice. Después de atravesar una galería adornada por espejos sobre cuyas lunas habían pintado flores al óleo, la camarera, haciendo un gesto pícaro, abrió una estrecha puerta de nogal, bajando el farol.

En el fondo de aquel pequeño gabinete había una sola estatua. La de una mujer totalmente desnuda, recostada en un lecho, que parecía ofrecer una manzana. Tratando de encontrarse en el desorden del vino, Solimán se acercó a la estatua con pasos inseguros. La sorpresa había asentado un poco su ebriedad. Él conocía aquel semblante; y también el cuerpo, el cuerpo todo, le recordaba algo. Palpó el mármol ansiosamente, con el olfato y la vista metidos en el tacto. Sopesó los senos. Paseó una de sus palmas, en redondo, sobre el vientre, deteniendo el meñique en la marca del ombligo. Acarició el suave hundimiento del espinazo, como para voltear la figura. Sus dedos buscaron la redondez de las caderas, la blancura de la corva, la tersura del pecho. Aquel viaje de las manos le refrescó la memoria trayendo imágenes de muy lejos. Él había conocido en otros tiempos aquel contacto. Con el mismo movimiento circular había aliviado este tobillo, inmovilizado un día por el dolor de una torcedura. La materia era distinta, pero las formas eran las mismas. Recordaba, ahora, las noches de miedo, en la Isla de la Tortuga, cuando un general francés agonizaba detrás de una puerta cerrada. Recordaba a la que se hacía rascar la cabeza para dormirse. Y, de pronto, movido por una imperiosa rememoración física, Solimán comenzó a hacer los gestos del masajista, siguiendo el camino de los músculos, el relieve de los tendones, frotando la espalda de adentro afuera, tentando los pectorales con el pulgar, percutiendo aquí y allá. Pero, súbitamente, la frialdad del mármol, subida a sus muñecas como tenazas de muerte, lo inmovilizó en un grito. El vino giró sobre sí mismo. Esa estatua, teñida de amarillo por la luz del farol, era el cadáver de Paulina Bonaparte. Un cadáver recién endurecido, recién despojado de pálpito y de mirada, al que tal vez era tiempo todavía de hacer regresar a la vida. Con voz terrible, como si su pecho se desgarrara, el negro comenzó a dar llamadas, grandes llamadas, en la vastedad del Palacio Borghese. Y tan primitiva se hizo su estampa, tanto golpearon sus talones en el piso, haciendo de la capilla de abajo cuerpo de tambor, que la piamontesa, horrorizada, huyó escaleras abajo, dejando a Solimán de cara a cara con la Venus de Canova.

El patio se llenó de candiles y de faroles. Despiertos por la voz que tan tremendamente resonaba en el segundo piso, los lacayos y cocheros salían de sus cuartos, en camisa, sujetándose las bragas. La aldaba de la puerta cochera sonó con eco, abriendo paso a los gendarmes de la ronda, que entraron en fila, seguidos por varios vecinos alarmados. Al ver iluminarse los espejos, el negro se volvió bruscamente. Aquellas luces, esas gentes aglomeradas en el patio entre estatuas de mármol blanco, la evidente silueta de los bicornios, los uniformes ribeteados de claro, la fría curva de un sable desenvainado, le recordaron en el segundo de un escalofrío, la noche de la muerte de Henri Christophe. Solimán desencajó una ventana de un silletazo y saltó a la calle. Y los primeros maitines lo vieron, todo tembloroso de fiebre —pues había sido agarrado por el paludismo de los pantanos Pontinos—, invocando a Papá Legba, para que le abriese los caminos del regreso a Santo Domingo. Le quedaba una insoportable sensación de pesadilla en las manos. Le parecía que hubiera caído en trance sobre el yeso de una sepultura, como ocurría a ciertos inspirados de allá, a la vez temidos y reverenciados por los campesinos, porque se entendían mejor que nadie con los Amos de Cementerios. De nada sirvió que la reina María Luisa tratara de calmarlo con un cocimiento de hierbas amargas, de las que recibía del Cabo, vía Londres, por especial merced del Presidente Boyer. Solimán tenía frío. Una niebla inesperada humedecía los mármoles de Roma. El verano se empañaba de hora en hora. Buscando el alivio del servidor, las princesas mandaron a buscar al doctor Antommarchi, el que había sido médico de Napoleón en Santa Elena, a quien algunos atribuían grandes méritos profesionales, sobre todo como homeópata. Pero su receta de píldoras no pasó de la caja. De espaldas a todos, gimoteando hacia la pared adornada con flores amarillas en papel verde, Solimán trataba de alcanzar a un Dios que se encontraba en el lejano Dahomey, en alguna umbrosa encrucijada, con el falo encarnado puesto al descanso sobre una muleta que para eso llevaba consigo.

*Papa Legba, l'ouvri barrié-a pou moin, agó yé,*
*Papa Legba, ouvri barrié-a pou moin, pou moin passé.*

## II

## LA REAL CASA

Ti Noel era de los que habían iniciado el saqueo del Palacio de Sans-Souci. Por ello se amueblaban de tan rara manera las ruinas de la antigua vivienda de Lenormand de Mezy. Éstas seguían sin techo posible, por falta de dos puntos de apoyo en que asentar una viga o un palo largo, pero el machete del anciano había liberado otras piedras desemparejadas, haciendo aparecer pedazos del basamento, un alféizar de ventana, tres peldaños, un techo de pared que todavía mostraba, pegado al ladrillo, el cimacio del antiguo comedor normando. La noche en que la Llanura se había llenado de hombres, de mujeres, de niños, que llevaban en la cabeza relojes de péndulo, sillas, baldaquines, girándulas, reclinatorios, lámparas y jofainas, Ti Noel había regresado varias veces a Sans-Souci. Así, poseía una mesa de Boule frente a la chimenea cubierta de paja que le servía de alcoba, cerrándose la vista con un paraván de Coromandel cubierto de personajes borrosos en fondo de oro viejo. Un pez luna embalsamado, regalo de la Real Sociedad Científica de Londres al príncipe Víctor, yacía sobre las últimas losas de un piso roto por hierbas y raíces, junto a una cajita de música y una bombona cuyo espeso vidrio verde apresaba burbujas llenas de los colores del arco iris. También se había llevado una muñeca vestida de pastora, una butaca con su cojín de tapicería y tres tomos de la Gran Enciclopedia, sobre los cuales solía sentarse para comer cañas de azúcar.

Pero lo que hacía más feliz al anciano era la posesión de una casaca de Henri Christophe, de seda verde, con puños de encaje salmón, que lucía a todas horas, realzando su empaque real con su sombrero de paja trenzada, aplastado y doblado a modo de bicornio, al que añadía una flor encarnada a guisa de escarapela. En las tardes se le veía, en medio de sus muebles plantados al aire libre, jugando con la muñeca que abría y cerraba los ojos, o dando cuerda a la cajita de música, que repetía de sol a sol el mismo landler alemán. Ahora, Ti Noel hablaba constantemente. Hablaba abriéndose de brazos, en medio de los caminos; hablaba a las lavanderas, arrodilladas en los arroyos arenosos con los senos desnudos; hablaba a los chicos que bailaban la rueda. Pero hablaba, sobre todo, cuando se sentaba detrás de su mesa y empuñaba una ramita de guayabo a modo de cetro. A su mente volvían borrosas reminiscencias de cosas contadas por el manco Mackandal hacía tantos años que no acertaba a recordar cuándo había sido. En aquellos días comenzaba a cobrar la certeza de que tenía una misión que cumplir, aunque ninguna advertencia, ningún signo, le hubiera revelado la índole de esa misión. En todo caso, algo grande, algo digno de los derechos adquiridos por quien lleva tantos años de residencia en este mundo y ha extraviado hijos desmemoriados, preocupados tan sólo de sus propios hijos, de éste y aquel lado del mar. Por lo demás, era evidente que iban a vivirse grandes momentos. Cuando las mujeres lo veían aparecer en un sendero, agitaban paños claros, en señal de reverencia, como las palmas que un domingo habían festejado a Jesús. Cuando pasaba frente a una choza, las viejas lo invitaban a sentarse, trayéndole un poco de ron clarín en una jícara o una tagarnina recién torcida. Llevado a un toque de tambores, Ti Noel había caído en posesión del rey de Angola, pronunciando un largo discurso lleno de adivinanzas y de promesas. Luego, habían nacido rebaños sobre sus tierras. Porque aquellas nuevas reses que triscaban entre sus ruinas eran, indudablemente, presentes de sus súbditos. Instalado en su butaca, entreabierta la casaca, bien calado el sombrero de paja y rascándose la barriga desnuda con gesto lento, Ti Noel dictaba órdenes al viento. Pero eran edictos de un gobierno apacible, puesto que ninguna tiranía de blancos ni de negros parecía amenazar su libertad. El anciano llenaba de cosas hermosas los vacíos dejados entre los restos de paredes, haciendo de cualquier transeúnte ministro, de cualquier cortador de yerbas general, otorgando baronías, regalando guirnaldas, bendiciendo a las niñas, imponiendo flores por servicios prestados. Así habían nacido la Orden de la Escoba Amarga, la Orden del Aguinaldo, la Orden del Mar Pacífico y la Orden del Galán de Noche. Pero la más requerida de todas era la Orden del Girasol, por lo vistosa. Como el medio enlosado que le servía de Sala de Audiencias era muy cómodo para bailar, su palacio solía llenarse de campesinos que traían sus trompas de bambú, sus chachás y timbales. Se encajaban maderos encendidos en ramas horquilladas, y Ti Noel, más orondo que nunca con su casaca verde, presidía la fiesta, sentado entre un Padre de la Sabana, representante de la iglesia cimarrona, y un viejo veterano, de los que habían batido a Rochambeau en Vertieres, que para las grandes solemnidades conservaba su uniforme de campaña, de azules marchitos y rojos pasados a fresa por las muchas lluvias que entraban en su casa.

# III

LOS AGRIMENSORES

Pero, una mañana aparecieron los Agrimensores. Es necesario haber visto a los Agrimensores en plena actividad para comprender el espanto que puede producir la presencia de esos seres con oficio de insectos. Los Agrimenores que habían descendido a la Llanura, venidos del remoto Port-au-Prince, por encima de los cerros nublados, eran hombres callados, de tez muy clara, vestidos —era preciso reconocerlo— de manera bastante normal, que desenrollaban largas cintas sobre el suelo, hincaban estacas, cargaban plomadas, miraban por unos tubos, y por cualquier motivo se erizaban de reglas y de cartabones. Cuando Ti Noel vio que esos personajes sospechosos iban y venían por sus dominios, les habló enérgicamente. Pero los Agrimensores no le hicieron caso. Andaban de aquí para allá, insolentemente, midiéndolo todo y apuntando cosas con gruesos lápices de carpintero, en sus libros grises. El anciano advirtió con furor que hablaban el idioma de los franceses, aquella lengua olvidada por él desde los tiempos en que Monsieur Lenormand de Mezy lo había jugado a las cartas en Santiago de Cuba. Tratándolos de hijos de perra, Ti Noel los conminó a retirarse, gritando de tal manera que uno de los Agrimensores acabó por agarrarlo por el cogote, echándolo del campo de visión de su lente con un fuerte reglazo en la barriga. El viejo se ocultó en su chimenea, sacando la cabeza tras del paraván de Coromandel para ladrar imprecaciones. Pero al día siguiente, andando por la Llanura en busca de algo que comer, observó que los Agrimensores estaban en todas partes y que unos mulatos a caballo, con camisas de cuello abierto, fajas de seda y botas militares, dirigían grandes obras de labranza y deslinde, llevadas a cabo por centenares de negros custodiados. Montados en sus borricos, cargando con las gallinas y los cochinos, muchos campesinos abandonaban sus chozas, entre gritos y llantos de mujeres, para refugiarse en los montes. Ti Noel supo, por un fugitivo, que las tareas agrícolas se habían vuelto obligatorias y que el látigo estaba ahora en manos de Mulatos Republicanos, nuevos amos de la Llanura del Norte.

Mackandal no había previsto esto del trabajo obligatorio. Tampoco Bouckman, el jamaicano. Lo de los mulatos era novedad en que no pudiera haber pensado José Antonio Aponte, decapitado por el marqués de Someruelos, cuya historia de rebeldía era conocida por Ti Noel desde sus días de esclavitud cubana. De seguro que ni siquiera Henri Christophe hubiera sospechado que las tierras de Santo Domingo irían a propiciar esa aristocracia entre dos aguas, esa casta cuarterona, que ahora se apoderaba de las antiguas haciendas, de los privilegios y de las investiduras. El anciano alzó los ojos llenos de nubes hacia la Ciudadela La Ferrière. Pero su mirada no alcanzaba ya tales lejanías. El verbo de Henri Christophe se había hecho piedra y ya no habitaba entre nosotros. De su persona prodigiosa sólo quedaba, allá en Roma, un dedo que flotaba en un frasco de cristal de roca, lleno de agua de arcabuz. Y por mejor seguir aquel ejemplo, la reina María Luisa, luego de llevar a sus hijas a los baños de Carlsbad, había dispuesto por testamento que su pie derecho fuese conservado en alcohol por los capuchinos de Pisa, en una capilla construida gracias a su piadosa munificencia. Por más que pensara, Ti Noel no veía la manera de ayudar a sus súbditos nuevamente encorvados bajo la tralla de alguien. El anciano comenzaba a desesperarse ante ese inacabable retoñar de cadenas, ese renacer de grillos, esa proliferación de miserias, que los más resignados acababan por aceptar como prueba de la inutilidad de toda rebeldía. Ti Noel temió que también le hicieran trabajar sobre los surcos, a pesar de su edad. Por ello, el recuerdo de Mackandal volvió a imponerse a su memoria. Ya que la vestidura de hombre solía traer tantas calamidades, más valía despojarse de ella por un tiempo, siguiendo los acontecimientos de la Llanura bajo aspectos menos llamativos. Tomada esa decisión, Ti Noel se sorprendió de lo fácil que es transformarse en animal cuando se tienen poderes para ello. Como prueba se trepó a un árbol, quiso ser ave, y al punto fue ave. Miró a los Agrimensores desde lo alto de una rama, metiendo el pico en la pulpa violada de un caimito. Al día siguiente quiso ser garañón y fue garañón; mas tuvo que huir prestamente de un mulato que le arrojaba lazos para castrarlo con un cuchillo de cocina. Hecho avispa, se hastió pronto de la monótona geometría de las edificaciones de cera. Transformado en hormiga por mala idea suya, fue obligado a llevar cargas enormes, en interminables caminos, bajo la vigilancia de unos cabezotas que demasiado le recordaban los mayorales de Lenormand de Mezy, los guardias de

Christophe, los mulatos de ahora. A veces, los cascos de un caballo destrozaban una columna de individuos. Terminado el suceso, los cabezotas volvían a ordenar la fila, se volvía a dibujar el camino, y todo seguía como antes, en un mismo ir y venir afanoso. Como Ti Noel sólo era un disfrazado, que en modo alguno se consideraba solidario de la Especie, se refugió, solo, debajo de su mesa, que fue, aquella noche, su resguardo contra una llovizna persistente que levantó sobre los campos un pajizo olor de espartos mojados.

# IV

## AGNUS DEI

El día iba a ser de calor y nubes bajas. Apenas comenzaban las telarañas a quitarse las aguas de la noche cuando un gran alboroto bajó del cielo sobre las tierras de Ti Noel. Corriendo y tropezando al caer, llegaban los gansos de los antiguos corrales de Sans-Souci, salvados del saqueo porque su carne no gustaba a los negros, y que habían vivido a su antojo, durante todo ese tiempo, en las cañadas del monte. El anciano los acogió con muchos aspavientos, hecho feliz por la visita, pues sabía como pocos de la inteligencia y la alegría del ganso, por haber observado la vida ejemplar de esas aves cuando Monsieur Lenormand de Mezy intentara, antaño, una aclimatación ingrata. Como no eran criaturas hechas al calor, las hembras sólo ponían cinco huevos cada dos años. Pero esa postura motivaba una serie de ritos cuyo ceremonial era transmitido de generación a generación. En una orilla de poca agua tenían lugar las previas nupcias, en presencia de todo el clan de ocas y ánsares. Un joven macho se unía a su esposa para la vida entera, cubriéndola en medio de un coro de graznidos jubilosos, acompañado de una liturgia danzarina, hecha de giraciones, pataleos y arabescos del cuello. Luego, el clan entero procedía al acomodo del nido. Durante la incubación, la desposada era custodiada por los machos, alertas en la noche, aunque metieran el ojo redondo debajo del ala. Cuando un peligro amenazaba a los torpes pichones, vestidos de vellón canario, el ánsar más viejo dirigía cargas de pico y pecho, que no vacilaban ante un mastín, un jinete, un carricoche. Los gansos eran gente de orden, de fundamento y de sistema, cuya existencia era ajena a todo sometimiento de individuos a individuos de la misma especie. El principio de la autoridad, personificado en el Ánsar Mayor, era el meramente necesario para mantener el orden dentro del clan, procediéndose en esto a la manera del rey o capataz de los viejos cabildos africanos. Cansado de licantropías azarosas, Ti Noel hizo uso de sus extraordinarios poderes para transformarse en ganso y convivir con las aves que se habían instalado en sus dominios.

Pero cuando quiso ocupar un sitio en el clan, se vio hostilizado por picos de bordes dentellados y cuellos de guardar distancias. Se le tuvo en la orilla de un potrero, alzándose una muralla de plumas blancas en torno a las hembras indiferentes. Entonces Ti Noel trató de ser discreto, de no imponer demasiado su presencia, de aprobar lo que los otros decían. Sólo halló desprecio y encogerse de alas. De nada sirvió que revelara a las hembras el escondite de ciertos berros de muy tiernas raíces. Las colas grises se movían con disgusto, y los ojos amarillos miraban con una altanera desconfianza, que reiteraban los ojos que estaban del otro lado de la cabeza. El clan aparecía ahora como una comunidad aristocrática, absolutamente cerrada a todo individuo de otra casta. El Gran Ánsar de Sans-Souci no hubiera querido el menor trato con el Gran Ánsar del Dondón. De haberse encontrado frente a frente, hubiera estallado una guerra. Por ello Ti Noel comprendió pronto que, aunque insistiera durante años, jamás tendría el menor acceso a las funciones y ritos del clan. Se le había dado a entender claramente que no le bastaba ser ganso para creerse que todos los gansos fueran iguales. Ningún ganso conocido había cantado ni bailado el día de sus bodas. Nadie, de los vivos, lo había visto nacer. Se presentaba, sin el menor expediente de limpieza de sangre, ante cuatro generaciones en palmas. En suma, era un meteco.

Ti Noel comprendió oscuramente que aquel repudio de los gansos era un castigo a su cobardía. Mackandal se había disfrazado de animal, durante años, para servir a los hombres, no para desertar del terreno de los hombres. En aquel momento, vuelto a la condición humana, el anciano tuvo un supremo instante de lucidez. Vivió, en el espacio de un pálpito, los momentos capitales de su vida; volvió a ver a los héroes que le habían revelado la fuerza y la abundancia de sus lejanos antepasados del África, haciéndole creer en las posibles germinaciones del porvenir. Se sintió viejo de siglos incontables. Un cansancio cósmico, de planeta cargado de piedras, caía sobre sus hombros descarnados por tantos golpes, sudores y rebeldías. Ti Noel había gastado su herencia y, a pesar de haber llegado a la última miseria, dejaba la misma herencia recibida. Era un cuerpo de carne transcurrida. Y comprendía, ahora, que el hombre nunca sabe para quién padece y espera. Padece y espera y trabaja para gentes que nunca conocerá, y que a su vez padecerán y esperarán y trabajarán para otros que tampoco serán felices, pues el hombre ansía siempre una felicidad situada más allá de la porción que le es otorgada. Pero la grandeza del hombre está precisamente en querer mejorar lo que es. En imponerse Tareas. En el Reino de los Cielos no hay grandeza que conquistar, puesto que allá todo es jerarquía establecida, incógnita despejada, existir sin término, imposibilidad de sacrificio, reposo y deleite. Por ello, agobiado de penas y de Tareas, hermoso dentro de su miseria, capaz de amar en medio de las plagas, el hombre sólo puede hallar su grandeza, su máxima medida en el Reino de este Mundo.

Ti Noel subió sobre su mesa, castigando la marquetería con sus pies callosos. Hacia la ciudad del Cabo el cielo se había vuelto de un negro de humo de incendios, como la noche en que habían cantado todos los caracoles de la montaña y de la costa. El anciano lanzó su declaración de guerra a los nuevos amos, dando orden a sus súbditos de partir al asalto de las obras insolentes de los mulatos investidos. En aquel momento, un gran viento verde, surgido del Océano, cayó sobre la Llanura del Norte, colándose por el valle del Dondón con un bramido inmenso. Y en tanto que mugían toros degollados en lo alto del Gorro del Obispo, la butaca, el biombo, los tomos de la enciclopedia, la caja de música, la muñeca, el pez luna, echaron a volar de golpe, en el derrumbe de las últimas ruinas de la antigua hacienda. Todos los árboles se acostaron de copa al sur, sacando las raíces de la tierra. Y durante toda la noche, el mar, hecho lluvia, dejó rastros de sal en los flancos de las montañas.

Y desde aquella hora nadie supo más de Ti Noel ni de su casaca verde con puños de encaje salmón, salvo,

144

tal vez, aquel buitre mojado, aprovechador de toda muerte, que esperó el sol con las alas abiertas: cruz de plumas que acabó por plegarse y hundir el vuelo en las espesuras de Bois Caimán.

Caracas, 16 de marzo de 1948.

# INDICE

## I

## II

## III

# IV

Impreso en el mes de julio de 1978
en I. G. Seix y Barral Hnos., S. A.
Avda. J. Antonio, 134-138
Esplugues de Llobregat
(Barcelona)

# BIBLIOTECA BREVE DE BOLSILLO